Como Eu Ensino

História das cidades brasileiras

Como Eu Ensino

História das cidades brasileiras

Antonia Terra

MELHORAMENTOS

Editora Melhoramentos

Fernandes, Antonia Terra de Calazans
   História das cidades brasileiras / Antonia Terra de Calazans Fernandes.
São Paulo: Editora Melhoramentos, 2012. (Como eu ensino)

   ISBN 978-85-06-00449-4

   1. Educação e ensino. 2. Técnicas de ensino – Formação de professores.
   3. Identidade profissional – Técnicas de ensino. 4. Ensino da História
   I. Título. II. Série.

CDD 370

Índices para catálogo sistemático:
1. Educação e ensino   370
2. Formação de professores – Ensino da Educação   370.7
3. Psicologia da educação – Processos de aprendizagem - Professores   370.15
4. Identidade profissiona – Técnicas de ensino   371.33
5. História - Técnicas de ensino   371.33

Obra conforme o Acordo Ortográfico da Língua Portuguesa

Organizadores Maria José Nóbrega e Ricardo Prado

Coordenação editorial Estúdio Sabiá
Edição Bruno Salerno Rodrigues
Preparação de texto Valéria Braga Sanalios
Revisão Ceci Meira e Nina Rizzo
Pesquisa iconográfica Monica de Souza
Capa, projeto gráfico e diagramação Nobreart Comunicação

© 2012 Antonia Terra
Direitos de publicação
© 2012 Editora Melhoramentos Ltda.

1.ª edição, 2.ª impressão, outubro de 2012
ISBN: 978-85-06-00449-4

Todos os esforços foram envidados para localizar todos os detentores de direitos sobre as imagens deste livro. Se porventura for encontrada alguma omissão, solicitamos aos eventuais detentores que entrem em contato com a editora, que terá a maior satisfação em resolvê-la.

Atendimento ao consumidor:
Caixa Postal: 11541 – CEP: 05049-970
São Paulo – SP – Brasil
Tel.: (11) 3874-0880
www.editoramelhoramentos.com.br
sac@melhoramentos.com.br

Impresso no Brasil
   Cromosete

Apresentação

De que maneira uma pessoa configura sua identidade profissional? Que caminhos singulares e diferenciados, no enfrentamento das tarefas cotidianas, compõem os contornos que caracterizam o professor que cada um é?

Em sua performance solitária em sala de aula, cada educador pode reconhecer em sua voz e gestos ecos das condutas de tantos outros mestres cujo comportamento desejou imitar; ou silêncios de tantos outros cuja atuação procurou recalcar.

A identidade profissional resulta de um feixe de memórias de sentidos diversos, de encontros e de oportunidades ao longo da jornada. A identidade profissional resulta, portanto, do diálogo com o outro que nos constitui. É coletiva, não solitária.

A coleção Como Eu Ensino quer aproximar educadores que têm interesse por uma área de conhecimento e exercem um trabalho comum. Os autores são professores que compartilham suas reflexões e suas experiências com o ensino de um determinado tópico. Sabemos que acolher a experiência do outro é constituir um espelho para refletir sobre a nossa própria e ressignificar o vivido. Esperamos que esses encontros promovidos pela coleção renovem o delicado prazer de aprender junto, permitam romper o isolamento que nos fragiliza como profissionais, principalmente no mundo contemporâneo, em que a educação experimenta um tempo de aceleração em compasso com a sociedade tecnológica na busca desenfreada por produtividade.

A proposta desta série de livros especialmente escritos *por professores para professores* (embora sua leitura, estamos certos, interessará a outros aprendizes, bem como aos que são movidos incessantemente pela busca do conhecimento) é sintetizar o conhecimento mais avançado existente sobre determinado tema, oferecendo ao leitor-docente algumas ferramentas didáticas com as quais o tema abordado possa ser aprendido pelos alunos da maneira mais envolvente possível.

As cidades brasileiras na coleção Como Eu Ensino

É nas cidades que a vida acontece. E, a partir da observação atenta do que nelas acontece, pode-se criar uma espécie de plataforma de lançamento para diversos tipos de estudo. Neste volume, Antonia Terra nos convida a refletir sobre como as cidades contemporâneas são historicamente diferentes das cidades que já existiram em outras épocas, das primeiras povoações da Antiguidade, passando à cidadela medieval europeia, às cidades coloniais da América e chegando até a urbe industrial do século XVIII.

Nas suas diferentes conformações, a cidade torna-se o local privilegiado das relações econômicas e do consumo, do poder político e de trocas culturais, de vivências históricas e de atividades cotidianas muito relevantes. E como, segundo a autora, "cada cidade é uma cidade, e, fundamentalmente, uma cidade em transformação", sua proposta de ensino encontra um vasto campo de estudos ainda pouco explorados. Nossas cidades, como veremos, ainda estão muito atreladas às suas "histórias oficiais", com suas efemérides e heróis invariavelmente saídos dos extratos sociais mais elevados.

Antes de oferecer um contraponto objetivo a esse tipo de historiografia reducionista, o segundo capítulo passa em revista as sucessivas visões das cidades, vistas como extensão do mundo rural, depois como paisagem, mais adiante como "problemas sociais", ou, ainda, fruto de particularidades dos colonizadores portugueses em relação ao planejamento urbano. A investigação prossegue até os dias atuais, trazendo contribuições de historiadores, arquitetos e sociólogos contemporâneos que também se debruçaram sobre a questão.

Por fim, a autora se dirige diretamente ao docente de História, exemplificando, a partir de um criativo material didático preparado por uma cidade do litoral paulista, como o ensino de História no ciclo fundamental pode se valer dessa temática para propor aprendizagens mais contextualizadas e menos eivadas de preconceitos sociais e mistificações. Você verá, professor(a), que a sua cidade não será mais a mesma depois da leitura deste livro.

Maria José Nóbrega e Ricardo Prado

Sumário

1. O estudo da história das cidades 9
2. Questões históricas para as cidades contemporâneas 29
3. Proposta de estudo das cidades brasileiras como
   recorte de problemática para o ensino de História 83
4. Como tem sido o ensino da história das
   cidades brasileiras na escola 91
5. Proposta de organização para estudar a
   história das cidades brasileiras na escola 107

Referências bibliográficas 144

A autora 152

Capítulo 1

O estudo da história das cidades

Nossa proposta é apresentar alguns fundamentos e sugestões didáticas para que professores de diferentes graus de ensino desenvolvam estudos com seus alunos sobre a história de cidades brasileiras. A principal intenção é recomendar o trabalho no ensino de História com uma problemática simultaneamente histórica e contemporânea, considerando que hoje essa é uma questão fundamental para o entendimento do nosso modo de vida. O Brasil atual conta com mais de 80% de sua população vivendo em cidades, mas, ainda assim, pouco se estuda na escola sobre como essa predominância da vida urbana interfere no cotidiano e nas sociabilidades.

A proposição de estudo das cidades brasileiras considera o fato de que a vida nos centros urbanos é uma realidade herdada pelas novas gerações, que não têm tido oportunidade de conhecê-la melhor, tanto na sua perspectiva material como no seu papel nas organizações políticas e nas suas estruturas formais de organização e de serviços.

É inegável que a cidade tem sido fortemente idealizada e utilizada como referência de modelos hierárquicos de etapas civilizatórias. E é igualmente inegável que na escola esses valores têm sido difundidos, mas pouco discutidos. A finalidade, assim, é que as dimensões históricas das cidades sejam reconhecidas, distinguidas e repensadas, para não serem apenas, como afirma Leonardo Benevolo, "toleradas passivamente"[1].

---

[1] BENEVOLO, Leonardo. *História da cidade*. São Paulo: Perspectiva, 2001, p. 9.

O intento desta obra, portanto, é sugerir estudos mais aprofundados sobre as cidades brasileiras nas aulas de História, colocando em debate o fato de que as sociedades atuais são marcadas profundamente pelo fenômeno da concentração em aglomerados. Estes, sejam gigantescos ou de menores proporções, concentram moradias, locais de trabalho, vivências culturais, sociais e de controle político e econômico que se irradiam, influenciando outras povoações para além de suas fronteiras.

Algumas questões iniciais

As cidades existem há séculos e foram construídas por sociedades de diferentes continentes. Mas há dois séculos o fenômeno da industrialização tem provocado mudanças rápidas no processo da concentração urbana, alterando fortemente as relações entre campo e cidade e, largamente, o conjunto da vida social. Por sua vez, o modelo de cidade industrial é distinto das diferentes realidades urbanas possíveis de serem identificadas hoje e em outras épocas. Nossos problemas urbanos contemporâneos têm sido também mutáveis e em parte se assemelham, em parte se diferenciam dos enfrentados pelas populações das cidades industriais do século XIX europeias, estudadas mais frequentemente na escola.

Tal como as conhecemos atualmente, as cidades têm uma forte relação com a industrialização. Mas foram construídas muito tempo antes das fábricas, como lembra Henri Lefebvre[2]. Sua predominância atual tem sido intrínseca à modernidade industrial, mas as cidades de agora não assumem as mesmas funções que as do mundo oriental e africano anti-

---

[2] LEFEBVRE, Henri. *O direito à cidade*. São Paulo: Moraes, 1991, p. 3-4.

go, as da América pré-colonial ou as da Antiguidade clássica mediterrânea.

> É de capital importância chamar-se a atenção para o perigo de se confundir urbanismo com industrialismo e capitalismo moderno. O surgimento da cidade no mundo moderno sem dúvida não é independente do aparecimento da tecnologia moderna da máquina automotriz, da produção em massa e da empresa capitalista. Todavia, por diferentes que possam ter sido as cidades de épocas anteriores pré-industrial e pré-capitalista, não deixaram de ser cidades.[3]

Apesar das semelhanças em alguns aspectos, as cidades de outras épocas tinham outras funções, estavam envolvidas em outros contextos históricos e mantinham seus modos específicos de vida, de sociabilidade e de produção. E mesmo a realidade histórica de uma cidade atual não pode ser um modelo fechado para análise comparativa de outra, já que as mudanças que cada uma atravessa são variáveis de município para município e de região para região.

A cidade moderna, mesmo tendo perdido muitos traços das cidades de épocas anteriores, herdou delas muitas de suas características e modos de vida, como a escrita, os poderes políticos e religiosos, as intervenções racionais de planejadores, os espaços de convivências e de circulação de pensamentos e de mercadorias. Mas as relações sociais entrelaçadas nas ruas, em seus movimentos, tempos e materialidades converteram algumas cidades modernas, como analisa Henri Lefebvre, "em rede organizada pelo/para o consumo"[4].

---

[3] WIRTH, Louis. O urbanismo como modo de vida. In: VELHO, Otávio Guilherme (org.). *O fenômeno urbano*. Rio de Janeiro: Zahar, 1979, p. 96.

[4] LEFEBVRE, Henri. *A revolução urbana*. Belo Horizonte: UFMG, 1999, p. 31.

O que é uma cidade?

Mesmo na perspectiva da diversificação, é válida a proposta clássica de questionar diretamente o conceito do objeto que estamos perseguindo, com a pergunta: o que é uma cidade? A resposta direta, porém, não é satisfatória em situações escolares. O esforço de buscar um conceito definitivo pouco contribuiria para avançarmos no entendimento do problema histórico das cidades com os alunos, já que é quase impossível encontrar, no conhecimento já produzido, concordância em torno de um único conceito que dê conta da diversidade histórica das realidades urbanas. Diferentes autores, diante de realidades e vivências variadas, e com base em correntes teóricas distintas, têm organizado conceitos parciais e com premissas diferenciadas, que conseguem apenas aproximações, de enfoque histórico, geográfico, sociológico, arquitetônico, urbanístico, antropológico, econômico, ecológico ou ambiental. Além disso, da perspectiva da aprendizagem dos estudantes, é importante tanto o esforço de procura de um conceito mais generalizador, como o estudo da diversidade de realidades.

Na década de 1950, o geógrafo Aroldo de Azevedo escreveu:

> *Acreditamos estar mais próximos da realidade se tomarmos como limite mínimo para a conceituação das cidades (na falta de outro critério) a população urbana de 10 mil habitantes. Nesta hipótese, existiriam, em 1950, apenas 204 aglomerados urbanos [no Brasil] que mereceriam aquela designação, no ponto de vista da Geografia*[5].

---

[5] AZEVEDO, Aroldo. *Vilas e cidades do Brasil colonial*: ensaio de geografia urbana retrospectiva. São Paulo: FFLCH-USP, 1956, p. 6.

Já o sociólogo Louis Wirth sugere outra definição geral: "Para fins sociológicos, uma cidade pode ser definida como um núcleo relativamente grande, denso e permanente, de indivíduos socialmente heterogêneos"[6].

A ideia predominante da diversidade de modos de vida que caracteriza as cidades que existem e que já existiram evidencia a dificuldade de definir o conceito a partir de uma única ideia generalizante, como o mesmo autor salienta:

> *A questão não reside em se saber se as cidades [...] possuem esses traços característicos, e sim em apurar sua capacidade de moldar o caráter da vida social à sua forma especificamente urbana. Além disso, não poderemos formular uma definição fértil se esquecermos as grandes variações entre as cidades. Por meio de uma tipologia de cidades baseada no tamanho, localização, idade e função [...], achamos possível delinear e classificar comunidades urbanas variando de pequenas cidades que lutam para se manter até os próprios centros metropolitanos mundiais; de pequenas localidades comerciais isoladas, situadas no meio de regiões agrícolas, a prósperos portos mundiais de movimento comercial e industrial. Diferenças como essas parecem ser cruciais porque as características e influências sociais dessas diferentes "cidades" variam grandemente*[7].

Algumas questões amplas podem ser consideradas fundamentais para o entendimento do fenômeno urbano. A primeira remete ao fato de que as cidades são ambientes construídos pelas sociedades; "a habitação em cidades é essencialmente antinatural,

---
[6] WIRTH, *op. cit.*, p. 96.
[7] *Ibidem*, p. 94-95.

associa-se a manifestações do espírito e da vontade, na medida em que [estas] se opõem à natureza"[8].

A segunda questão diz respeito ao fato de que esses ambientes edificados interferem e transformam as paisagens naturais. As intervenções e transformações geradas pela presença das cidades são criações históricas particulares.

> *Ela não existiu sempre, mas teve início em um dado momento [...] e pode acabar, ou ser radicalmente transformada, num outro momento. Não existe por uma necessidade natural, mas uma necessidade histórica, que tem início e pode ter um fim.*[9]

A terceira questão importante é a relação que as cidades estabelecem com outros ambientes não urbanos. A clássica relação entre campo e cidade tem sido moldada com características diversas em diferentes contextos históricos. Em grande parte das cidades da Antiguidade clássica, por exemplo, a economia era predominantemente agrícola e a elite agrária, com os excedentes de sua riqueza, governava a vida política e social das cidades. Já nas cidades medievais europeias, campo e cidade significavam, na maioria das vezes, realidades distintas do ponto de vista jurídico. Por sua vez, nas sociedades industriais do século XX essa relação tendeu a se caracterizar a partir de uma economia industrial e urbana de mercado, que também se estendeu ao mundo rural.

Historicamente, o esforço de definições tende a nos encaminhar para algumas características históricas específicas das cidades de determinadas épocas. O historiador Perry Anderson, por exemplo, no empenho

---

[8] HOLANDA, Sérgio Buarque de. *Raízes do Brasil*. Rio de Janeiro: José Olympio, 1976, p. 61.
[9] BENEVOLO, *op. cit.*

de particularizar as cidades italianas da Renascença, ponderou a respeito das semelhanças e das diferenças entre elas e as antigas cidades gregas e romanas.

Os paralelismos entre o florescimento urbano da Antiguidade clássica e a Renascença italiana são bastante notáveis. Ambas foram o produto original de cidades-repúblicas, compostas por cidadãos com consciência municipal. Ambas foram no início dominadas por nobres e em ambas a maioria da cidadania primitiva possuía propriedades fundiárias nos territórios rurais que cercavam as cidades. Ambas, evidentemente, eram intensos centros de trocas de mercadorias. O mesmo mar oferecia a ambas as principais rotas de comércio. Ambas exigiam serviço militar de seus cidadãos, cavalaria ou infantaria, segundo o grau de sua propriedade. [...] Todas essas características comuns pareciam formar uma espécie de sobreposição parcial de uma forma histórica na outra. Na realidade, evidentemente, toda a natureza socioeconômica das cidades-Estados antigas e da Renascença era profundamente diversa. [...]

[...] As cidades-Estados do mundo clássico formavam uma unidade cívica e econômica com o seu meio rural. Os municipia compreendiam indistintamente o centro urbano e sua periferia agrária, e a cidadania jurídica era extensiva a ambos. O trabalho escravo ligava os dois sistemas produtivos e não havia uma organização econômica especificamente urbana: a cidade funcionava essencialmente como um simples aglomerado de consumidores da produção agrária e da renda fundiária. As cidades italianas, em contraste, achavam-se nitidamente separadas de sua zona rural: o contato rural era em geral um território subjugado, cujos habitantes não tinham direito de cidadania na organização urbana. [...] As comunas combatiam habitualmente certas institui-

ções centrais do feudalismo agrário: a vassalagem era com frequência expressamente banida nas cidades e a servidão foi abolida na área rural por elas controlada. Ao mesmo tempo, as cidades italianas exploravam de forma sistemática o seu contato em benefício do lucro e da produção urbana, colhiam aí os cereais e os recrutas, fixavam preços e impunham um meticuloso regime de culturas à população agrícola subjugada. Esta política antirrural era uma parte essencial das cidades-repúblicas da Renascença, cujo dirigismo econômico era totalmente estranho às suas antepassadas da Antiguidade.[10]

A questão da variação nos modelos de cidades deve ser considerada nos estudos escolares sobre o tema, já que diferentes elementos e características podem ser predominantes em um ou outro centro urbano. Há variáveis na função econômica da cidade, no seu papel como centro político-administrativo ou não, na geografia, na estética e composição de paisagens, na constituição arquitetônica voltada para determinadas finalidades, na existência como centro de vivência social, cultural e histórica, no crescimento ou nos momentos de estabilidade ou decadência, na densidade e distribuição populacional e suas sociabilidades, nas relações que estabelece com as regiões rurais, nos tipos de serviços que oferece a seus habitantes e como eles estão garantidos e distribuídos, nas relações com a natureza que se concretizam etc.

Cada cidade é uma cidade – e, fundamentalmente, uma cidade em transformação. E o olhar de quem a vê ou de quem a vive também a altera, impõe detalhes ou remodela paisagens. Nas subjetividades de visitantes e moradores, as cidades são muitas vezes desenhadas e redesenhadas. Observe as figuras 1, 2

---

[10] ANDERSON, Perry. *Linhagens do Estado absolutista*. São Paulo: Brasiliense, 1998, p. 150-152.

e 3, imagens da cidade do Rio de Janeiro por um de seus desenhistas e dois de seus fotógrafos. Procure identificar nelas semelhanças e diferenças.

Figura 1. Aquarela de Eduard Hildebrandt: *Rua Direita*, Rio de Janeiro, 1844.[11]

Gabinete de Gravura da Nationalgalerie (Old National Gallery), Berlim, Alemanha

Figura 2. Foto de Camillo Vedani: *Largo do Paço e Rua Direita*, Rio de Janeiro, 1865.[12]

Coleção Gilberto Ferrez, acervo Instituto Moreira Salles, Rio de Janeiro

---

[11] FERREZ, Gilberto. *O Brasil de Eduard Hildebrandt*. Rio de Janeiro: Record, s/d, p. 37.
[12] *Idem. A fotografia no Brasil*: 1840-1900. Rio de Janeiro: MEC; SEC; Funarte; Pró-Memória, 1985, p. 56.

Figura 3. Foto de Marc Ferrez: *Largo do Paço e Rua Primeiro de Março*, Rio de Janeiro, c. 1890.[13]

As figuras retratam o mesmo local – o Largo do Paço Imperial (hoje chamado Praça XV de Novembro), a Rua Direita e a Igreja da Ordem Terceira de Nossa Senhora do Monte do Carmo (no primeiro plano do lado esquerdo). Há uma diferença de tempo de 21 anos entre a aquarela e a primeira foto, e de 25 anos entre as duas fotos. Mas, apesar de retratarem as mesmas construções, elas apresentam a cidade como mundos diferentes. Além das mudanças históricas, as subjetividades dos artistas e as técnicas de registro interferem na paisagem, bem como na leitura e na apre-

---

[13] INSTITUTO MOREIRA SALLES. *Marc Ferrez*. Rio antigo: Avenida Central. Disponível em: http://ims.uol.com.br/hs/marcferrez/marcferrez.html. Acesso em: 13 fev. 2012.

ensão que fazemos de como era o Rio de Janeiro do século XIX. A população escrava, com seus costumes reminiscentes da África e tecidos coloridos[14], as ruas e as atividades cotidianas da pintura contrastam com o que se pode ver nas duas fotos. Na fotografia de 1865, feita com técnica incapaz de registrar os movimentos das pessoas e seu colorido, a intenção do fotógrafo é captar prioritariamente o conjunto da paisagem urbana. Cria-se um cenário que projeta um tempo mais ordenado, mais sóbrio e "moderno" para a cidade, apesar de ela pertencer a uma sociedade escravista. Já na terceira figura, a foto de 1890, época de mão-de-obra livre e governo republicano, a cidade é apresentada com outro movimento. A foto é igualmente panorâmica, mas a câmera, já capaz de outros registros, capta mudanças na paisagem: árvores ocupam as calçadas, pessoas se deslocam de um lado para o outro, há bondes, carregador e fregueses em um quiosque. A cidade mudou. Mesmo as antigas construções coloniais compõem agora, com novos elementos, um cenário que se projeta para o século XX.

Cidades brasileiras

A presença das cidades no atual território brasileiro está relacionada à chegada dos europeus. Apesar de terem sido erigidas cidades por diferentes sociedades americanas antes dessa época, especialmente nas Américas Central e do Norte e nos Andes, as vilas e cidades do Brasil, no modelo que conhecemos hoje, foram inicialmente implantadas e desenvolvidas em função de políticas de administração e de colonização das populações europeias que aqui se instalaram a partir do século XVI.

---

[14] A imagem colorida pode ser vista no site: http://www.zeno.org/Kunstwerke/B/Hildebrandt,+Eduard%3A+Rua+Direita.Rio+de+Janeiro. Acesso em: 25 fev. 2011.

Assim, na história brasileira, a questão principal não é estudar (como no caso de outras regiões da América e de outros continentes) o processo de criação de cidades. O principal foco de um estudo sobre as cidades brasileiras seria considerar o modelo de vida em cidade, que, já organizado como projeto (advindo da sociedade europeia), se tornou referência para a implantação de sociedades urbanas no Brasil. As populações indígenas, originárias dessas terras, tinham modos de vida que não seguiam um padrão urbano. Assim, de algum modo passaram, desde então, a conviver com espaços desmontados (distintos do que tinham organizado ao seu modo) e remontados a partir de outras referências. Espaços e tempos que passaram a impor também novas relações sociais.

Portanto, no Brasil as cidades foram implantadas especificamente a partir de modelos europeus. Portugueses, franceses, holandeses e espanhóis implantaram ou reorganizaram por aqui diversas cidades coloniais como sedes administrativas e de poder, inicialmente estabelecidas ao longo do litoral. Assim, as primeiras cidades brasileiras foram constituídas a partir de concepções urbanas arquitetadas ao longo da história da Europa.

Observe a figura 4. Temos aí a representação cartográfica de uma aldeia indígena a partir do olhar do Velho Mundo, que mostra a presença de religiosos católicos entre os índios (torres de igrejas desenhadas) e evidencia a política de aldeamento estabelecida pela administração portuguesa. Essa política integrava as populações indígenas à sociedade colonial, tornando-as aliadas e súditas de Portugal. Mais abaixo no mapa, há o desenho do forte construído pelos portugueses no século XVII – a Fortaleza Nossa Senhora da Assunção, localizada na capital do Ceará, Fortaleza (que ficou conhecida assim por causa dessa construção militar).

Figura 4. Detalhe de mapa da costa do Ceará, 1629.[15]

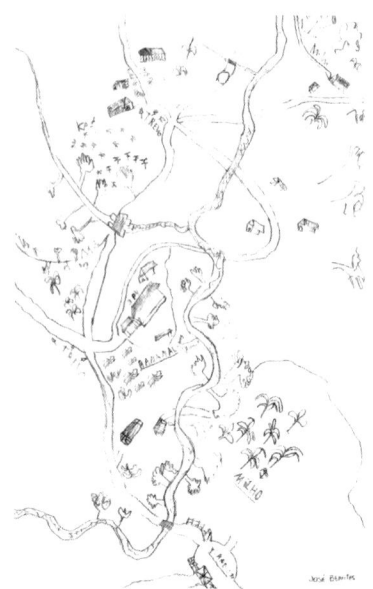

Figura 5. Desenho de aldeia guarani atual, no vale do Ribeira, em São Paulo.[16]

Agora, como referência para confrontação de diferentes modelos de ocupação do espaço, observe a figura 5. Percebe-se, nitidamente, que a organização espacial se dá de maneira diversa à de uma cidade tradicional.

Os traçados urbanos das cidades brasileiras contemporâneas conservam também algumas características dos projetos implantados nos séculos XVI, XVII e XVIII pela colonização europeia, apesar da grande expansão das cidades no último século e da substituição do casario antigo por construções modernas.

---

[15] ALBERNAZ I, João Teixeira. *Pequeno atlas do Maranhão e Grão-Pará*. S.l.: s.n.: 1629. Detalhe do litoral do Ceará. Mapa completo disponível no arquivo digital da Biblioteca Nacional: http://objdigital.bn.br/acervo_digital/div_cartografia/cart555828.pdf. Imagem do detalhe disponível na Wikipédia: http://pt.wikipedia.org/wiki/Ficheiro:Cear%C3%A1_a_partir_do_mapa_de_1629_por_Albernaz_I.PNG. Acessos em: 13 fev. 2012.

[16] LADEIRA, Maria Inês. *Espaço geográfico guarani-mbya*: significado, construção e uso. São Paulo: Edusp, 2008, p. 163.

No Rio de Janeiro atual, em alguns de seus espaços, encontramos exemplos de traçados de séculos anteriores. Mesmo com construções novas ao longo dos anos, mudanças no uso dos espaços e reformas nos prédios, um traçado que permanece do século XVI é o local hoje conhecido como Praça XV de Novembro.

Em 1619, os carmelitas começaram a edificar o seu convento. Feito de pedra e cal, adotou um padrão austero, seguindo os partidos arquitetônicos do Quattrocento italiano. Os padres incorporaram o vazio da praça e a vista da baía como moldura para a fachada de seu convento. Esta é uma concepção da modernidade do século XVI: a integração edifício paisagem.[17]

Até o século XVIII e o início do XIX, o lugar tinha o nome de Largo do Carmo, por conta da presença da antiga capela e do convento, que depois se transformou em Igreja da Ordem Terceira do Carmo. Depois da chegada da corte portuguesa ao Brasil, passou a ser chamado de Largo do Paço Imperial, pois a família real morou no antigo palacete do vice-rei, que antes havia sido a Casa da Moeda.

Observe o local em imagens de distintas épocas (é o mesmo local, em ângulo diferente, dos apresentados antes nas imagens da Rua Direita): detalhe da planta da cidade do Rio de Janeiro de 1714 (figura 6); detalhe de desenho reconstituindo parte da orla da cidade em 1775 (figura 7); desenho de J. B. Debret, de 1830 (figura 8); e foto atual (figura 9). Procure as semelhanças.

---

[17] ÁLVARES, José Maurício Saldanha. Na única praça dela: a Praça 15 de Novembro no período colonial, 1565-1790. In: BATISTA, Marta Rossetti; GRAF, Márcia Elisa de Campos; WESTPHALEN, Cecília Maria (orgs.). *Cidades brasileiras*: políticas urbanas e dimensão cultural. São Paulo: IEB, 1998, p. 78.

Figura 6. Detalhe da planta da cidade do Rio de Janeiro de 1714.[18]

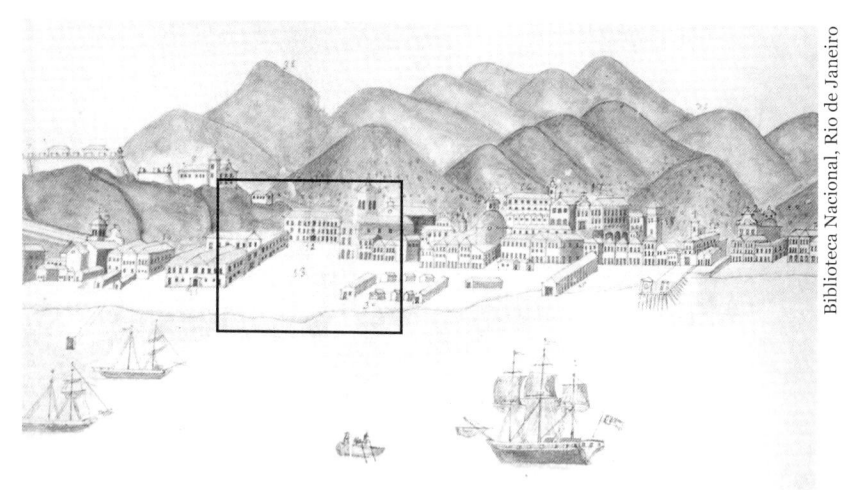

Figura 7. Detalhe de desenho reconstituindo parte da orla do Rio de Janeiro em 1775.[19]

---

[18] Planta da cidade de São Sebastião do Rio de Janeiro.... Original do Arquivo Histórico Ultramarino, Lisboa, atribuído ao Brigadeiro João Massé, 1714. In: REIS, Nestor Goulart. *Imagens de villas e cidades do Brasil colonial*. São Paulo: Edusp, Imprensa Oficial, 2001, p. 165.

[19] Prospecto da cidade de S. Sebastião do Rio de Janeiro... Cópia manuscrita elaborada para ser incluída por Vilhena em *Notícias soteropolitanas*, 1803. Original da Biblioteca Nacional do Rio de Janeiro, 1775. In: *ibidem*, p. 182.

Figura 8. Desenho (gravura) de J. B. Debret: *Vista do Largo do Paço do Rio de Janeiro*, 1830.[20]

Figura 9. Foto atual da Praça XV de Novembro, no Rio de Janeiro.

Alguns elementos desse espaço público carioca apresentam muitas semelhanças com espaços de algumas cidades portuguesas. A cidade de Lisboa, por exemplo, tem uma grande praça similar nas margens do rio Tejo, decorrente das tradições urbanas lusas chamada Praça do Comércio (antigo Paço da Ribeira), que foi reformada depois do terremoto de Lisboa de 1758. Observe as imagens.

---

[20] DEBRET, J. B. *Viagem histórica e pitoresca ao Brasil*. Belo Horizonte: Itatiaia; São Paulo: Edusp, 1989.

Figura 10. Foto da Praça do Comércio, em Lisboa, 1953.

Outros espaços do Rio de Janeiro receberam influência de projetos urbanísticos de outras épocas. Compare as fotos.

Figura 11. Foto da Avenida Central, atual Rio Branco, no Rio de Janeiro, depois das reformas urbanas do prefeito Pereira Passos (1905-1906).

Figura 12. Cartão-postal de Paris, 1880-1890. As amplas avenidas da cidade foram traçadas depois das reformas urbanas das décadas de 1850 e 1860, durante o império de Napoleão III.

Qual a semelhança entre as paisagens retratadas?

As reformas feitas no Rio de Janeiro pelo prefeito Pereira Passos, nos primeiros anos do século XX, foram baseadas na reforma de Paris, realizada pelo barão Georges-Eugène Haussmann, na segunda metade do século XIX. Tanto em uma cidade como na outra, a principal característica da reforma foi a idéia de modernização, com a derrubada de antigas ruas estreitas, a abertura de grandes avenidas retilíneas (bulevares) e o afastamento da população de trabalhadores e de pobres do centro das cidades. No Rio de Janeiro, esse era um projeto da elite carioca republicana, de expressar valores de progresso e desenvolvimento econômico.[21]

Hoje, mais de cem anos depois, a Avenida Rio Branco tem a seguinte paisagem:

Figura 13. Foto atual da Avenida Rio Branco, no Rio de Janeiro.

Muitas cidades brasileiras podem contar na sua arquitetura ou na organização de seus espaços as histórias que estruturaram a cidade como é hoje, considerando tanto os traçados espontâneos, os movimentos sociais de ocupação e recriação das paisagens,

---

[21] KOK, Glória. *Rio de Janeiro na época da Avenida Central*. São Paulo: Bei Comunicação, 2005, p. 38-40. Disponível em: http://www.aprendario.com.br/pdf/Av_Central.pdf. Acesso em: 29 fev. 2012. As fotos do Rio de Janeiro e de Paris encontram-se nesta obra.

como também as heranças deixadas aqui de projetos de intervenções. Questões históricas e também contemporâneas contribuem, assim, para um melhor entendimento da cidade onde vivemos. As organizações econômicas, as influências urbanísticas, as políticas públicas, as relações sociais e os projetos para administrar e estabelecer padrões no modo de vida social interferem nas suas configurações. É preciso, portanto, estudar na escola algumas dessas problemáticas.

Capítulo 2

Questões históricas para as cidades contemporâneas

Para entender quais questões são postas pelos estudos atuais sobre as cidades brasileiras, entendidas como objeto de investigação histórica, é necessário repensar como elas têm sido pesquisadas. Apresentamos, então, na sequência, alguns autores e seus olhares para esse tema, no sentido de contribuir com referências para reflexões e escolhas de propostas para o desenvolvimento de trabalhos escolares.

A cidade como paisagem e como palco de acontecimentos

O que sabemos é que durante muito tempo, principalmente ao longo do século XIX e no início do XX, quando a historiografia brasileira tinha como foco principal as ações políticas de homens ilustres e heróis, as cidades eram mencionadas quase exclusivamente como palcos de acontecimentos[22]: cidades e suas fundações, cidades sedes do poder, cidades invadidas, cidades administrativas da riqueza local ou lusitana.

> *A historiografia do Rio de Janeiro caracterizou-se por longo tempo pelos relatos empíricos descritivos, geralmente obedecendo à ordem cronológica, ou pelas memórias de estrangeiros ou nacionais. Um problema que preocupava os historiadores, nessa fase, era a fundação do Rio de Janeiro. Estudava-*

---
[22] MATOS, Maria Izilda. *Cidade*: experiências urbanas e a historiografia. In: BATISTA, Marta Rossetti; GRAF, Márcia Elisa de Campos; WESTPHALEN, Cecília Maria (orgs.). *Cidades brasileiras*: políticas urbanas e dimensão cultural. IEB, São Paulo, 1998, p. 126-132.

-se esta cidade geralmente dentro da perspectiva da colonização portuguesa e de seus objetivos; não havia preocupação maior com a sua dinâmica interna. Ela existia para defender as possessões lusas da ameaça francesa e espanhola, crescia em função das investidas holandesas no Nordeste e na África, convertia-se em escoadouro do ouro e diamantes destinados a Portugal, tornava-se a sede da monarquia quase por acaso, poderia ter sido Salvador. [23]

No século XIX as cidades brasileiras não estavam passando pelas contundentes transformações vividas pelas populações europeias. Aqui, as cidades não eram uma questão a ser debatida, não despertavam nos estudiosos um olhar mais atento à especificidade e à predominância do modo de vida urbano.

O contexto brasileiro era diferente do europeu. Na Europa algumas cidades passaram a abrigar muitos trabalhadores migrantes do campo por conta da expansão capitalista, tornando-se palco de inúmeras revoltas e movimentos sociais, pois acolhiam a pobreza operária, as fábricas, as epidemias e as grandes desigualdades, ocasionando uma separação progressiva entre os espaços dos ricos e dos pobres. A cidade era então uma realidade a ser questionada. Naquele contexto, Friedrich Engels, em seu livro *A situação da classe trabalhadora na Inglaterra* (1892), apresentava, por exemplo, o seguinte quadro de Londres:

Uma cidade como Londres, onde é possível caminhar horas e horas sem sequer chegar ao princípio do fim, sem encontrar o menor sinal que faça supor a vizinhança do campo, é verdadeiramente um caso singular.

---

[23] Sobre a historiografia da cidade do Rio de Janeiro, ver: LOBO, Eulália Maria Lahmeyer. Historiografia do Rio de Janeiro. *Revista Brasileira de História*, São Paulo, 1995, v. 15, nº 30, p. 45-62.

> *Essa imensa concentração, essa aglomeração de 2,5 milhões de seres humanos num só local, centuplicou o poder desses 2,5 milhões: elevou Londres à condição de capital comercial do mundo, criou docas gigantescas, reuniu milhares de navios, que cobrem continuamente o Tâmisa. [...]*
> *Mas os sacrifícios que tudo isso custou, nós só os descobrimos mais tarde. Depois de pisarmos, por uns quatro dias, as pedras das ruas principais, depois de passar a custo pela multidão, entre as filas intermináveis de veículos e carroças, depois de visitar os "bairros de má fama" desta metrópole – só então começamos a notar que esses londrinos tiveram de sacrificar a melhor parte de sua condição de homens para realizar todos esses milagres da civilização de que é pródiga a cidade.*[24]

No mesmo período, o Brasil mantinha atividades econômicas e traços urbanísticos ainda semelhantes aos do período colonial. No início do século XIX o Rio de Janeiro viveu a efervescência da presença da corte e, depois, da presença da monarquia. A capital se reorganizou e aperfeiçoou seus equipamentos urbanos e o abastecimento, embora assumisse o papel de capital administrativa de uma sociedade essencialmente rural.

> *A sociedade brasileira era basicamente rural no século XIX, em função das atividades econômicas estarem apoiadas na lavoura de exportação. Essa situação manteve-se até a década de 1930. No entanto, já a partir da segunda metade do Oitocentos [século XIX], observam-se as primeiras mudanças nas áreas urbanas, principalmente no Sudeste.*[25]

---
[24] ENGELS, F. *A situação da classe trabalhadora na Inglaterra*. São Paulo: Boitempo, 2008, p. 69.
[25] MACHADO, Humberto Fernandes. A voz do morro na passagem do Império para a República. In: BATISTA, Marta Rossetti; GRAF, Márcia Elisa de Campos (orgs.). *Cidades brasileiras II*: políticas urbanas e dimensão cultural. São Paulo: IEB, 1999, p. 90.

Apesar de o cotidiano e as paisagens das cidades nacionais não se constituírem, durante muito tempo, como um problema histórico específico a ser estudado por historiadores, estavam frequentemente presentes nas descrições mais atentas de viajantes, memorialistas, escritores e artistas, que se preocuparam em descrevê-los, registrá-los, indagar suas histórias e apreciar sua estética e seus serviços em função de um ou outro modelo urbano. Para eles a cidade não representava, todavia, uma questão ou um objeto de estudo em si, mas uma paisagem, com projetos arquitetônicos, traçados das ruas e situações da vida cotidiana a serem documentados, descritos e registrados em desenhos, croquis, plantas, aquarelas ou experimentos fotográficos.

Assim como outros viajantes, o naturalista francês August de Saint-Hilaire (1779-1853), que viajou pelas regiões Sul, Sudeste e Centro-Oeste entre 1816 e 1822, descreve muitas cidades brasileiras, como fez, por exemplo, com a Paracatu, no interior mineiro:

> As ruas principais de Paracatu são largas, pavimentadas e de traçado bastante regular, e as casas na maioria são térreas. Geralmente são baixas, pequenas, feitas de adobe, mas caiadas e cobertas de palhas. Todas têm gelosias, que se projetam obliquamente sobre a rua e se abrem de baixo para cima, feitas de paus cruzados e bem juntos. Grande é o número de casas que hoje estão vazias e malcuidadas. As que se acham localizadas na periferia da cidade, à beira do córrego Rico, são habitadas por negros nascidos no Brasil. São muito pequenas, sem reboco, e aparentam uma extrema indigência[26].

---

[26] SAINT-HILAIRE, Auguste. *Viagem às nascentes do rio São Francisco*. Belo Horizonte: Itatiaia; São Paulo: Edusp, 1975, p. 150.

Fotógrafos do século XIX também registraram nossas paisagens urbanas. Observe, na figura 14, a fotografia da Rua da Cruz, mais tarde Rua do Bom Jesus, na cidade do Recife, feita pelo fotógrafo alemão Augusto Stahl em 1859, último ano de sua passagem pela cidade, que se iniciara em 1853. Nela, vemos a rua e suas construções de quatro ou mais andares. O movimento das pessoas era mais difícil de captar, por conta do longo tempo de exposição à luz que os equipamentos da época demandavam.

Figura 14. Foto de Augusto Stahl: Rua da Cruz, Recife, 1859.[27]

Entre as décadas de 1809 e 1820 o viajante inglês Henri Koster também esteve no Recife e descreveu a cidade. No seu relato do bairro central é possível entender melhor os edifícios e os espaços retratados na foto de Augusto Stahl.

---

[27] FERREZ, Gilberto. *A fotografia no Brasil*: 1840-1900. Rio de Janeiro: MEC; SEC; Funarte; Pró-Memória, 1985, p. 148.

S. Antonio, o bairro central, é composto inteiramente de casas altas e de ruas largas, e se estes edifícios tivessem alguma beleza, haveria um certo ar de grandeza, mas são muito altos para sua largura e a parte térrea serve para lojas, armazéns, oficinas, cocheiras e outros usos semelhantes. As lojas não têm janelas. Recebem luz unicamente pela porta. Existem diferenças mínimas na distinção do comércio. Todas as mercadorias são vendidas pela mesma pessoa. Algumas das ruas menores têm casas mesquinhas e baixas. Aí estão o Palácio do Governador, outrora Convento dos Jesuítas, a Tesouraria, a Casa da Câmara e a prisão, as casernas, que são péssimas, os conventos dos Franciscanos, Carmelitas e Penha, várias igrejas, com interior ornamentado mas sem nenhuma graça arquitetônica. Compreende muitas praças e há uma certa impressão de viveza e de alegria. É o principal bairro da cidade.[28]

A cidade como problema social

Algumas das principais cidades brasileiras que permaneciam com traçados coloniais começaram a passar por mudanças urbanísticas entre o final do século XIX e o início do XX, em função das transformações políticas e econômicas da época – decorrentes do fim da escravidão, da presença do trabalho livre, da expansão do comércio, da chegada de imigrantes e do processo de instalação das primeiras indústrias. Essas mudanças acarretaram impactos na vida das populações, provocando a necessidade de repensar a configuração das cidades, que passaram a ser vistas como "uma questão a se discutir".

---

[28] KOSTER, Henry. *Viagens ao Nordeste do Brasil*. Tradução e notas de Luís da Câmara Cascudo. São Paulo; Rio de Janeiro; Recife; Porto Alegre: Companhia Editora Nacional, 1942, p. 35. Disponível em: http://www.brasiliana.com.br/obras/viagens-ao-nordeste-do-brasil. Acesso em: 1 mar. 2012.

> O crescimento da cidade intensificou-se após a abolição da escravatura (1888), quando grande parte da população liberada abandonou as propriedades à procura de novas oportunidades de vida e de trabalho, e a facilidade de transportes intensificou a migração para o Recife. Daí o aumento considerável da construção de palafitas – os chamados mocambos – suspensas sobre os manguezais da cidade.[29]

Como capital da República, a cidade do Rio de Janeiro, por exemplo, teve sua população ampliada. Libertos, migrantes e imigrantes chegavam à cidade, que não tinha infraestrutura urbana para recebê-los. Em 1890, a cidade abrigava 522 mil habitantes. Esse número pulou para 811 mil em 1900. Já São Paulo, por conta da riqueza do café e da industrialização incipiente, também expandiu sua população de 65 mil pessoas, em 1890, para 240 mil dez anos depois. Recife, por sua vez, recebeu um impacto populacional maior entre os anos de 1900 e 1920, saltando de 113 mil para 239 mil pessoas.

O quadro 1 mostra o crescimento da população total das capitais brasileiras e do país ao longo dessas décadas.

Ano	População total nas capitais brasileiras	População total do país
1872	1.022.655	10.112.061
1890	1.133.087	14.330.915
1900	2.032.284	17.318.556

Quadro 1. Evolução das populações das capitais e do país entre 1872 e 1900.[30]

---

[29] ANDRADE, Manuel Correia de. *Recife*: problemática de uma metrópole de região subdesenvolvida. Recife: UFPE, 1979, p. 93.
[30] BRASIL. *Recenseamento do Brasil em 1º de setembro de 1920*. Rio de Janeiro: Ministério da Agricultura, da Indústria e do Comércio, 1927, v. I. *Apud* COSTA, Emília Viotti da. *Da Monarquia à República*. 2ª edição. São Paulo: Livraria Editora Ciências Humanas, 1979, p. 205.

A ampliação do número de habitantes em algumas das principais cidades brasileiras no início do século XX transformou-as em um problema. E, de modo semelhante às cidades europeias, a proposta de intervenção envolvia planejamentos para resolver questões relacionadas às doenças endêmicas e epidêmicas. Houve estudos, planificações e discursos oficiais e médicos em torno de políticas sanitaristas, que resultaram em reformas e reconstruções urbanas. Cidades como Rio de Janeiro, São Paulo e Recife foram reformadas em nome de políticas de saneamento básico.

Nessa época, parte do antigo núcleo urbano colonial do Recife foi desapropriada, muitas casas demolidas e as pessoas desalojadas para a construção de ruas mais largas. Observe, na figura 15, o processo de reforma entre os anos de 1910 e 1913.

Figura 15. Foto do Recife durante a reforma urbana do início do século XX.[31]

Também nesse contexto, o médico sanitarista Geraldo Horácio de Paula Souza estudou e fotografou os principais problemas a serem enfrentados pelos profissionais da saúde (mercados, cortiços, mendicân-

---

[31] Instituto Cultural do Recife *apud* ARAÚJO, Rafael. Bairro do Recife e sua história. *Pontos turísticos* [blogue]. Disponível em: http://pontosturisticospe.blogspot.com/2010/11/bairro-historia-de-bracos-dados-com-o.html. Acesso em: 10 fev. 2012.

cias, trabalhos de mulheres e crianças pobres etc.) na capital paulista.³² Seu conjunto de fotos representa um registro valioso de locais da cidade pouco documentados por fotógrafos da época, que tendiam a voltar suas lentes para a exaltação da cidade "moderna". Observe a figura 16:

Figura 16. Foto de Geraldo Horácio de Paula Souza: Mercado da Rua 25 de Março, São Paulo (1919-1925).³³

Por conta das preocupações sanitaristas, a cidade, seus espaços e alguns de seus moradores (pobres, mulheres, imigrantes, negros e outros) passaram a ser considerados um problema social, geradores de conflitos. Contudo, a cidade expressava as desigualdades mais amplas que estavam sendo reconstruídas no país.

---

[32] Acervo da Biblioteca da Faculdade de Arquitetura e Urbanismo da Universidade de São Paulo (FAU-USP), São Paulo. A coleção possui 153 imagens produzidas entre as décadas de 1910 e 1920. *Apud* REZENDE, Eliana Almeida de Souza. *Construindo imagens, fazendo clichês:* fotógrafos pela cidade. São Paulo: Anais do Museu Paulista, v. 15, n. 1, junho de 2007. Disponível em: http://www.scielo.br/scielo.php?script=sci_arttext&pid=S0101-47142007000100003&lng=en&nrm=iso. Acesso em: 10 fev. 2012.

[33] *Ibidem.* Disponível em: http://www.scielo.br/scielo.php?script=sci_arttext&pid=S0101-47142007000100003&lng=en&nrm=iso#fig09. Acesso em: 10 fev. 2012.

Observe as figuras 17 e 18. Representam valores diferentes para a mesma cidade?

Figura 17. Foto de Theodor Preising: Teatro Municipal e Hotel Esplanada (à direita), São Paulo, 1928.³⁴

Figura 18. Foto de Geraldo Horácio de Paula Souza: cortiço em São Paulo (1919-1925).³⁵

---

³⁴ INSTITUTO MOREIRA SALLES. *São Paulo, 450 anos*. São Paulo: IMS, 2004, p. 121. (Cadernos de Fotografia Brasileira, v. 2.)
³⁵ Acervo da Biblioteca da FAU-USP, São Paulo. Reprodução do Laboratório da FAU-USP. *Apud* REZENDE, *op. cit.* Disponível em: http://www.scielo.br/scielo.php?script=sci_arttext&pid=S0101-47142007000100003&lng=en&nrm=iso#fig40. Acesso em: 10 fev. 2012.

Antes das reformas urbanas do início do século XX, as cidades acolhiam em seus antigos espaços uma variedade de classes sociais e funções diversificadas. Conviviam ricos e pobres, fábricas e residências, comércio e serviços. Mas, ao longo de um processo de algumas décadas, essa proximidade entre a elite e os trabalhadores foi cedendo lugar à organização de bairros com funções diferenciadas. Em São Paulo, por exemplo, os cafeicultores foram habitar as regiões altas e pré-urbanizadas da Avenida Paulista, em casarões de propriedade da própria família; já os operários foram morar em casas de aluguel (os mais especializados) ou em cômodos e cortiços superlotados, na região baixa do bairro do Brás, nas várzeas do rio Tamanduateí e nas proximidades do sistema ferroviário. Para controlar os trabalhadores e torná-los dependentes, alguns donos de indústrias também passaram a construir vilas operárias, acompanhando a difusão de valores de saúde, higiene e vida disciplinada.[36]

Leis e serviços sanitaristas foram criados e agentes de saúde passaram a visitar as moradias mais pobres. Todavia, prevalecia uma política de cerceamento e controle dessa população, que de maneira ambígua foi relegada a espaços sem melhorias urbanas e onde as legislações não eram implementadas. O custo dos aluguéis e as dificuldades de acesso à casa própria acabaram desencadeando processos migratórios internos nas cidades, com muitos trabalhadores indo morar nas periferias ou em favelas. Isso separou cada vez mais ricos e pobres.

Como nas cidades europeias, a elite brasileira passou a associar certos ambientes à pobreza, e as desigualdades sociais a doenças, sujeira, promiscuidade e crimes.

---

[36] CALDEIRA, Teresa Pires do Rio. *Cidade de muros*: crime, segregação e cidadania em São Paulo. São Paulo: Editora 34; Edusp, 2000.

A cidade como questão

Década de 1930

Esse contexto de mudanças econômicas e sociais no país sensibilizou alguns estudiosos da década de 1930 a refletir historicamente a cidade. Um deles foi Sérgio Buarque de Holanda, que no capítulo "O semeador e o ladrilhador" de seu livro *Raízes do Brasil*, publicado pela primeira vez em 1936, comparou as cidades brasileiras construídas pelos portugueses com as cidades da América espanhola. Segundo o autor, o modo luso de colonizar envolvia apenas o interesse de obter riqueza fácil, sem qualquer preocupação em implantar aqui alicerces efetivos. Ou seja, permitia-se apenas que os núcleos de povoações se desenvolvessem a partir de interesses imediatos. Já os espanhóis, ao contrário, implantaram grandes povoações estáveis e ordenadas.

> Na própria Bahia, o maior centro urbano da colônia, um viajante do princípio do século XVIII notava que as casas se achavam dispostas segundo o capricho dos moradores. Tudo ali era irregular, de modo que a praça principal, onde se erguia o Palácio dos Vice-Reis, parecia estar só por acaso no seu lugar. Ainda no primeiro século da colonização, em São Vicente e Santos, ficavam as casas em tal desalinho que o primeiro governador-geral do Brasil se queixava de não poder murar as duas vilas, pois isso acarretaria grandes trabalhos e muito dano aos moradores.
>
> É verdade que o esquema retangular não deixava de manifestar-se – no próprio Rio de Janeiro já surge em esboço – quando encontrava poucos empecilhos naturais. [...] Seja como for, o traçado geométrico jamais pôde alcançar, entre nós, a importância que veio a ter em terras da Coroa de Castela [...].

> *A cidade que os portugueses construíram na América não é produto mental, não chega a contradizer o quadro da natureza, e sua silhueta se enlaça na linha da paisagem. Nenhum rigor, nenhum método, nenhuma providência, sempre esse significativo abandono que exprime a palavra "desleixo" [...].*[37]

Durante muitas décadas, essas conclusões de Sérgio Buarque de Holanda — segundo as quais os portugueses pouco investiram em planejamentos urbanos e as cidades aqui mantinham pouca racionalidade — prevaleceram no imaginário da cultura brasileira e de seus estudiosos.

O arquiteto Murilo Marx, por exemplo, em publicação de 1980, retoma as afirmações de Sérgio Buarque.

> *Em geral, a cidade brasileira é irregular, tende à linearidade e, polinuclear, tem um contorno indefinido. Foi assim desde a sua origem, combatendo e derrotando as tentativas de ordená-las de outra forma, algumas significativas. [...]*
>
> *Os vícios e as virtudes dessa cidade apontam a paternidade ibérica e, particularmente, a portuguesa. [...]*
>
> *As características da cidade portuguesa na América se opõem às da fundação espanhola no continente e nas Filipinas. Um desenho urbano especial foi trazido pelos castelhanos para atender a vasto projeto de colonização. Aprendido nos tratados de arquitetura dos teóricos renascentistas, definido em lei, implantado em lugares apropriados às imposições de um império em construção. [...]*
>
> *Como as cidades medievais, acomodando-se em terrenos acidentados e à imagem das portuguesas,*

---
[37] HOLANDA, op. cit., p. 75-76.

as povoações brasileiras mais antigas são marcadas pela irregularidade.³⁸

Para Murilo Marx, as cidades brasileiras organizadas pelos portugueses, que partiram de traçados mais regulares, eram exceções e curiosas.

> *Há exceções que demonstram este aspecto das nossas cidades de ontem e de hoje. Salvador, fundada como primeira sede administrativa da nova colônia portuguesa, situou-se de maneira tradicional sobre escarpada elevação. Porém, teve e guarda um centro reticulado, que luta por se adaptar a um relevo rebelde. Dentro do perímetro original da capital baiana, o tabuleiro curioso ainda pode ser apreciado. Fora, no entanto, para além do largo do Pelourinho ou da Praça Castro Alves, tudo muda.³⁹*

Sem muita repercussão entre os historiadores, a pesquisa de Nestor Goulart Reis Filho, da década de 1960, levava para outra direção as análises concernentes à história das cidades brasileiras. Ele era contrário às apreciações de Sérgio Buarque de Holanda quanto ao desenvolvimento das cidades à luz do "tipo ideal", que tinha como modelo as cidades espanholas na América. Em outra linha, o autor defendia o estudo específico das realidades urbanas, na medida em que cada uma delas foi concretizada e entendida a partir das atividades de seus agentes sociais.

> *Procuramos registrar, em cada etapa, os mecanismos dessa evolução, deixando de margem a preocupação de constituição de tipos ideais, ou os esforços de aplicação de tipos já constituídos, como resultados de análises de fenômenos de ur-*

---
³⁸ MARX, Murilo. *Cidade brasileira*. São Paulo: Edusp, 1980, p. 23-24.
³⁹ *Ibidem*, p. 26.

banização em outros quadros históricos. Tornou-se necessária, assim, a identificação dos agentes sociais desse processo e de seus alvos socialmente definidos. Procuramos captar a urbanização nas condições concretas de sua realização e emergência em cada etapa, por intermédio da atividade dos agentes sociais, e reter as significações que para esses assumiam.[40]

Só em décadas mais recentes a avaliação das intervenções urbanas portuguesas no Brasil veio a ser revista por arquitetos e historiadores. Os estudos de Reis Filho, por exemplo, passaram a ser mais divulgados e, aos poucos, foi-se rompendo a convicção difundida de que, de maneira geral, "não havia existido uma política da administração portuguesa no Brasil, para orientação da formação do sistema urbano colonial"[41]. Mas, ao contrário do que os estudos anteriores afirmavam, as plantas e os desenhos das cidades contrariam essas ideias.

Paulo Santos, no seu livro *Formação de cidades no Brasil colonial*, defende a mesma análise. Para ele, as cidades brasileiras seguiram os traçados das cidades portuguesas, os quais, mesmo passando por um desenvolvimento posterior, não tendiam a se apagar com o tempo. Segundo o arquiteto, isso significa que os assentamentos urbanos não foram implantados aqui com "desleixo", e que o planejamento não foi simples exceção. A construção das cidades seguiu orientações dos padrões urbanos portugueses, que partiam tanto da informalidade das cidades medievais como da formalidade dos planejamentos renascentistas.

---

[40] REIS FILHO, Nestor Goulart. *Evolução urbana do Brasil*. São Paulo: Pioneira; Edusp, 1968, p. 183.
[41] Idem. *Imagens de vilas e cidades do Brasil colonial*: recursos para a renovação do ensino de História e Geografia do Brasil. *Revista Brasileira de Estudos Pedagógicos*, Brasília, v. 81, nº 198, p. 366-379, maio-ago. 2000, p. 367. Disponível em: www.rbep.inep.gov.br/index.php/RBEP/article/viewFile/467/478. Acesso em: 10 fev. 2012.

É que naquela aparente desordem, [...] a inexistência de um traçado prévio ou de uma ideia diretriz, existem uma coerência orgânica, uma correlação formal e uma unidade de espírito que lhe dão genuinidade. Genuinidade como expressão espontânea e sincera de todo um sistema de vida, e que tantas vezes falta à cidade regular, traçada em rígido tabuleiro de xadrez. Esta, dado o "processus" [...] de sua criação, há de ser, necessariamente, produto de uma ideia preconcebida com que o projetista pretende, não raro artificiosamente, ordenar, disciplinar, modelar a vida que nela vai ter lugar.[42]

Na comparação entre as cidades brasileiras e as portuguesas, é possível identificar que alguns dos nossos primeiros núcleos de povoamento seguiam estratégia comum às instalações lusas medievais: a escolha de terrenos elevados para estabelecimento de povoações. Assim, elas ficavam protegidas de ataques, dispunham de visões amplas do território, mantinham fornecimento de água doce e, ao mesmo tempo, ficavam longe de ameaças de alagamento. Antigas cidades brasileiras fundadas por portugueses, como Natal, Salvador e Olinda, foram alojadas em locais que obedeciam a esses preceitos, possuindo até hoje as chamadas cidades altas e cidades baixas.

A preocupação da defesa, e da defesa pela altura, dominava: uma cidade elevada acima do mar, circundada de muralhas – ainda que muralhas com baluartes [...]. Quando a cidade extravasando as muralhas escorregou para a beira-mar, ficou dividida, como ainda hoje, em cidade alta e cidade bai-

---

[42] SANTOS, Paulo. *Formação de cidades no Brasil colonial*. Rio de Janeiro: UFRJ, 2001, p. 18.

xa, como no Porto [cidade de Portugal], ao mesmo tempo que tendia para a traça regular [...]. A cidade do Rio de Janeiro, quando mudou de lugar – do morro Cara de Cão para o morro de São Januário – foi também fundada no alto, à moda medieval, com o seu castelo, como Lisboa. Mas quando extravasou para a várzea, em princípios do século XVII, era já aproximadamente regular o seu traçado [...].[43]

Observe a imagem de Lisboa (figura 19) e compare com as que retratam o Rio de Janeiro e Salvador (figuras 20 e 21).

Figura 19. Lisboa retratada em parede de azulejos na própria cidade (foto de 2010). No centro, ao alto, o Castelo de São Jorge.

---

[43] *Ibidem*, p. 48.

história das cidades brasileiras **47**

Figura 20. Desenho do padre Diego Soares: antigo Forte de São Sebastião, 1730.[44]

Figura 21. Recorte de uma imagem do Atlas Van Stolk, 1624.[45]

Historich Museum de Roterdã, Holanda/Atlas Van Stolk

---

[44] *Apud* PACINI, Paulo. O castelo invisível. *Rio antigo* [blogue]. Disponível em: http://www.jblog.com.br/rioantigo.php?itemid=18233. Acesso em: 19 jan. 2012.
[45] *Apud* REIS, *op. cit.*, p. 24. O desenho representa a presença dos holandeses em Salvador, em 1624. Neste detalhe é possível reparar a cidade alta e a cidade baixa.

As análises de Sérgio Buarque de Holanda evidenciam sua insatisfação com o modelo de sociedade implantada no Brasil, seguindo uma das tendências que perduraram ao longo de décadas na historiografia brasileira. Ao mesmo tempo, apresentam o desejo de um projeto de sociedade mais racional, que superasse suas raízes históricas lusas. Em perspectiva ampla, o autor tendia a valorizar cidades mais bem planejadas, que projetassem a sociedade brasileira para a modernidade e rompessem com a cultura rural, associada às tradições coloniais portuguesas aqui disseminadas.

Nas palavras de Antonio Candido, Sérgio Buarque de Holanda,

> *num tempo ainda banhado de indisfarçável saudosismo patriarcalista, sugeria que, do ponto de vista metodológico, o conhecimento do passado deve estar vinculado aos problemas do presente. E, do ponto de vista político, que, sendo o nosso passado obstáculo, a liquidação das raízes era um imperativo do desenvolvimento histórico*[46].

Também na década de 1930, mas com foco diferenciado, tendo como perspectiva de análise a confrontação entre as tradições do passado e as transformações que se processavam na sociedade brasileira, em que se dissolviam os elementos da vida rural colonial, Gilberto Freyre se preocupou com aspectos do Brasil urbano no livro *Sobrados e mucambos*, concluído em 1936. O trabalho expôs sua inquietação em identificar as mudanças de hábitos rurais, ao longo dos séculos XVIII e XIX, para uma vida mais regulada e ordenada nas relações e nos costumes dos moradores que conviviam nas ruas das cidades. As

---

[46] CANDIDO, Antonio. O significado de *Raízes do Brasil*. In: HOLANDA, *op. cit.*, p. XXI.

mudanças nas regulamentações dessa convivência expressavam, para Freyre, o desenvolvimento das tendências urbanas em processo.

O autor aponta que essas alterações começaram a acontecer a partir da vinda da família real para o Brasil, mas alguns antecedentes já desenvolviam a vida urbana, como na época da presença holandesa em Pernambuco e no período da exploração do ouro em Minas Gerais. No século XIX, no entanto, com a presença de estrangeiros, a implantação de serviços urbanos, a abertura de colégios e faculdades, o desejo de imitar hábitos europeus e o surgimento de fábricas, oficinas de artesãos e novos estabelecimentos comerciais, a vida na cidade ficou mais livre da vida familiar patriarcal. Segundo Freyre, "a Praça venceu o Engenho, mas aos poucos"[47].

> A urbanização foi se fazendo, entretanto, em sentido vertical naquelas cidades de topografia mais difícil ao transbordamento da população ou do casario em sentido horizontal. Em Recife, por exemplo. Aí, os sobrados de três andares tornaram-se comuns desde o século XVII. Era um meio de as casas continuarem grandes e se satisfazerem muitas das necessidades patriarcais sem se espalharem exageradamente para os lados.
>
> Em Salvador, no Rio de Janeiro, na capital de São Paulo, em Ouro Preto, os sobrados parecem ter variado entre um e dois andares, alguns indo a três no Rio de Janeiro; raros a quatro ou cinco, na Bahia; no Recife é que chegaram a cinco e até a seis.[48]

---

[47] FREYRE, Gilberto. *Sobrados e mucambos*: decadência do patriarcado rural e desenvolvimento do urbano. 3ª edição, 1º tomo. Rio de Janeiro: José Olympio, 1961, p. 30.
[48] *Ibidem*, p. 188.

Observe a figura 22. É um desenho que descreve o interior de sobrado patriarcal urbano de meados do século XIX.

Figura 22. Desenho de Lula Cardoso Ayres: interior de um sobrado patriarcal urbano de meados do século XIX.[49]

---

[49] *Ibidem*, p. XXXVII.

Década de 1950

Os estudos de Sérgio Buarque de Holanda e de Gilberto Freyre, apesar de demonstrarem preocupação com as transformações do Brasil nas primeiras décadas do século XX, não sensibilizaram outros estudiosos para o aprofundamento do problema de modo a organizar dados para a construção de um painel mais amplo (como o processo da expansão das cidades foi ocorrendo ao longo dos séculos anteriores).

Essa falta de estudos e diagnósticos do crescimento das cidades brasileiras desde o século XVI foi sentida pelo geógrafo Aroldo de Azevedo, que em 1956 publicou um pequeno ensaio de geografia urbana, *Vilas e cidades do Brasil colonial*, onde lamentava o fato de os historiadores ainda não terem se dedicado ao tema. Comentava:

> *Infelizmente, os que se dedicam à nossa História não têm se preocupado com o assunto; continuamos à espera que apareçam os êmulos brasileiros de um Fustel de Coulanges[50] ou de um Henri Pirenne[51], que nos viessem brindar com estudos descritivos e interpretativos da vida urbana em nosso tão curto passado, informando-nos a respeito da fisionomia, da estrutura, das funções e da importância dos centros urbanos do Brasil colonial. Praticamente nada foi feito num setor tão palpitante e o geógrafo sente-se no vácuo e inteiramente às cegas quando pretende, no desejo de fazer comparações, remontar ao passado[52].*

Diante da ausência de estudos históricos, Aroldo de Azevedo resolveu realizar o que chamou de "*geografia*

---

[50] Historiador francês, escreveu o clássico *A cidade antiga* (1864).
[51] Historiador belga, escreveu *As cidades na Idade Média* (1927).
[52] AZEVEDO, Aroldo de. *Vilas e cidades do Brasil colonial*: ensaio de geografia urbana retrospectiva. São Paulo: FFLCH-USP, 1956, p. 7.

urbana retrospectiva", estudando desde o período colonial, com a esperança de sensibilizar outros especialistas para a história das cidades. Todavia, nota-se que, em suas referências bibliográficas, muitos estudos regionais já haviam sido iniciados em décadas anteriores, porém trata-se de análises mais panorâmicas do processo histórico de algumas cidades brasileiras. Em suas citações encontramos, por exemplo, os trabalhos de Tales de Azevedo sobre Salvador[53], de Josué de Castro sobre Recife[54], de Ernani da Silva Bruno sobre a cidade de São Paulo[55], de Vivaldo Coaracy sobre o Rio de Janeiro[56] e de Manuel Bandeira sobre Ouro Preto[57].[58]

O esforço de Aroldo de Azevedo concentrou-se na caracterização geral da urbanização em cada um dos quatro séculos, identificando as vilas e as cidades por regiões brasileiras, de acordo com as divisões regionais admitidas naquela época (Norte, Nordeste, Leste e Sul) em cada século, e fazendo balanços e avaliações do processo de concentração delas no território que se constituía como português. Assim, por exemplo, identificou três cidades e catorze vilas no final do século XVI; sete cidades e 51 vilas no final do século XVII; 169 vilas e dez cidades no século XVIII (sendo três novas cidades: São Paulo [1711], Mariana [1745] e Oeiras [1761]; e, no ano de 1822, doze cidades (duas novas, Cuiabá e Goiás – antiga Vila Boa) e 213 vilas no Brasil. Com a Independência, entre 1822 e 1823, mais sete vilas foram elevadas à categoria de cidade: Porto Alegre, Ouro Preto, Recife, Natal, Desterro (Florianópolis), Fortaleza e São Cristovão (SE).

Para representar esse processo, Azevedo organizou uma série de mapas indicando os espaços de

---

[53] *Povoamento da cidade de Salvador* (publicado pela primeira vez em 1949).
[54] *A cidade do Recife*: ensaio de geografia humana (1954).
[55] *História e tradições da cidade de São Paulo* (1953).
[56] *O Rio de Janeiro no século XVII* (1944).
[57] *Guia de Ouro Preto* (1938).
[58] Apesar de não ser citado por Aroldo de Azevedo, Câmara Cascudo escreveu *História da cidade de Natal*, publicado em 1947.

maior agrupamento urbano, permitindo vislumbrar a marcha do povoamento e da urbanização desde o século XVI até 1822. Veja estes mapas:

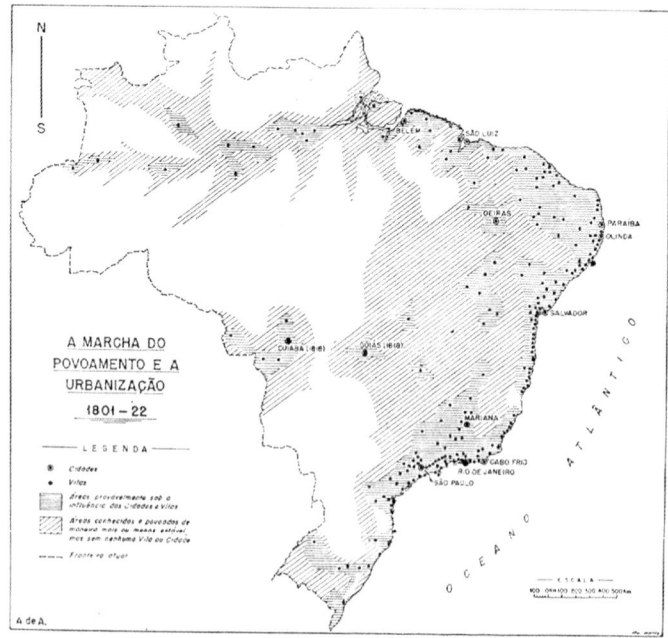

Figura 23. Mapas de povoamento e urbanização do Brasil nos séculos XVI, XVII e XVIII e em 1822.[59]

---

[59] AZEVEDO, *op. cit.*, p. 13, 26, 37 e 59.

Os "aglomerados urbanos" mostrados nos mapas representam os domínios de Portugal, porém esse recorte histórico limita o entendimento sobre a posse do território ao desconsiderar a presença das populações indígenas. Ainda hoje, nas representações cartográficas de Aroldo de Azevedo e de muitos mapas reproduzidos em livros didáticos de História, a ocupação portuguesa é contraposta à ideia de "vazio".

"Os aglomerados urbanos, no século XVI, além de tipicamente marítimos, surgiam de maneira isolada e esparsa, constituindo verdadeiros nódulos de população no imenso 'deserto' humano no Brasil de então."[60]

Do ponto de vista do ensino de História, a sequência desses mapas pode ser muito útil ainda hoje, pois possibilita a apreensão da longa temporalidade do processo de conquista do território pelos portugueses. Atividades complementares, contudo, podem assinalar a presença indígena além das fronteiras e mesmo na convivência com os europeus. Vale também destacar a importância do título do mapa, explicitando o recorte temático da representação; e a leitura da legenda (figura 24) para a identificação de fronteiras de épocas distintas: a da expansão dos aglomerados urbanos portugueses no século XVI ou XVII; e o desenho do contorno do Brasil atual.

---

[60] *Ibidem*, p. 19.

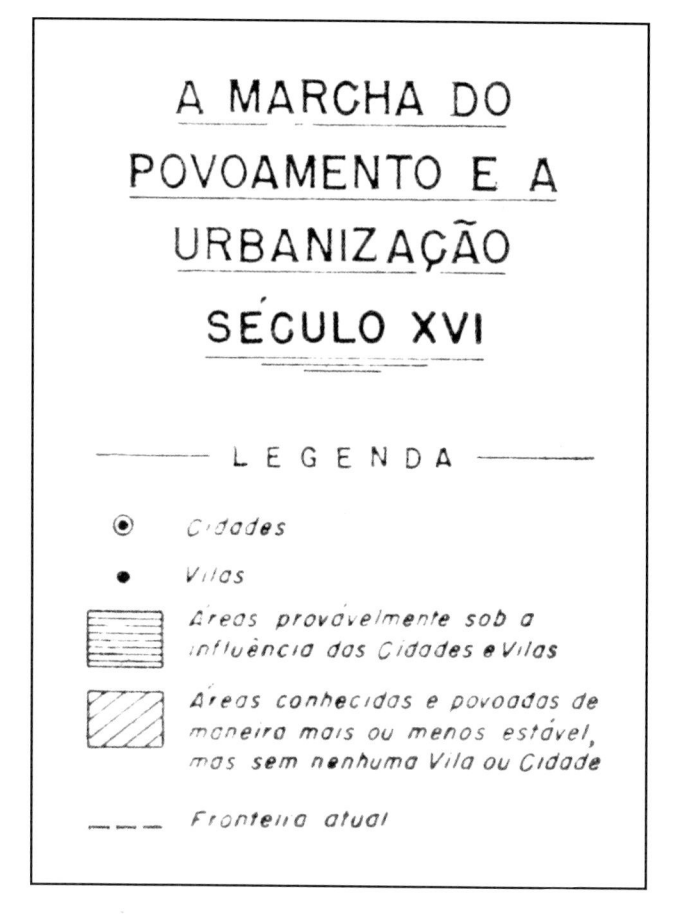

A MARCHA DO POVOAMENTO E A URBANIZAÇÃO SÉCULO XVI

LEGENDA

- ⊙ Cidades
- • Vilas
- ▭ Áreas provavelmente sob a influência das Cidades e Vilas
- ▨ Áreas conhecidas e povoadas de maneira mais ou menos estável, mas sem nenhuma Vila ou Cidade
- --- Fronteira atual

Figura 24. Legenda do livro *Vilas e cidades do Brasil colonial*, de Aroldo Azevedo.[61]

Aroldo de Azevedo teve a preocupação também de organizar dados para caracterizar a relação entre as vilas e as cidades com as atividades econômicas das áreas onde eram instaladas e se desenvolviam, e descrever alguns elementos das paisagens e cotidianos, identificando as funções desses aglomerados urbanos.

---

[61] *Ibidem*.

Por exemplo, destacou o fato de que

no Brasil colonial, raro era o núcleo que não se achava associado a curso d'água, grande, médio ou pequeno. E muitas foram as causas dessas preferências: o fornecimento de água para o uso doméstico, a facilidade de obtenção de alimentos através da pesca, as vantagens oferecidas no que se refere aos contatos regionais e, no caso específico das áreas de mineração, a presença de ouro e de pedras preciosas nos cascalhos dos leitos fluviais[62].

Entre as ilustrações e os mapas incluídos em seu ensaio, é importante destacar, do ponto de vista didático, a sequência de plantas da cidade do Rio de Janeiro, demonstrando a expansão urbana ao longo dos séculos.

Observe os mapas do centro urbano do Rio de Janeiro, na figura 25.

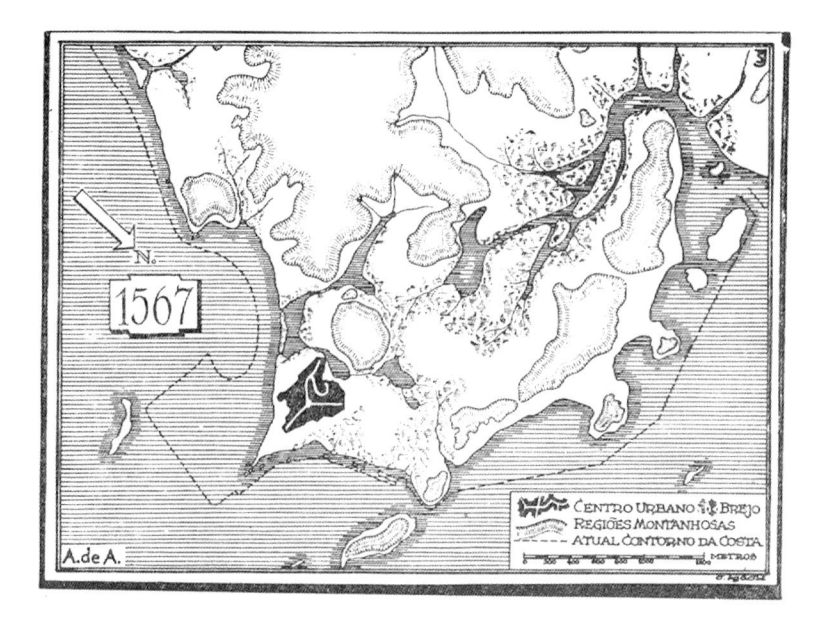

---

[62] *Ibidem*, p. 71. Quanto aos planos e traçados das cidades, Azevedo baseia-se principalmente em Sérgio Buarque de Holanda.

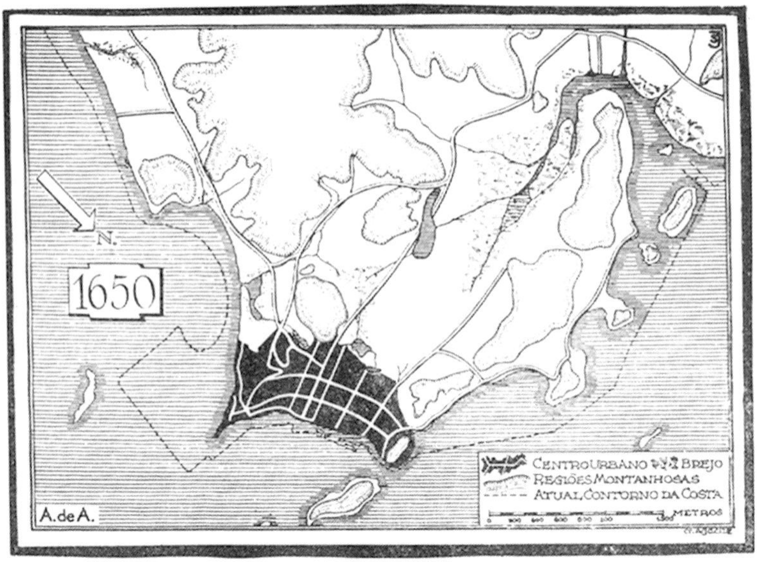
N.
1650
A.de A.
CENTRO URBANO
BREJO
REGIÕES MONTANHOSAS
ATUAL CONTORNO DA COSTA
METROS

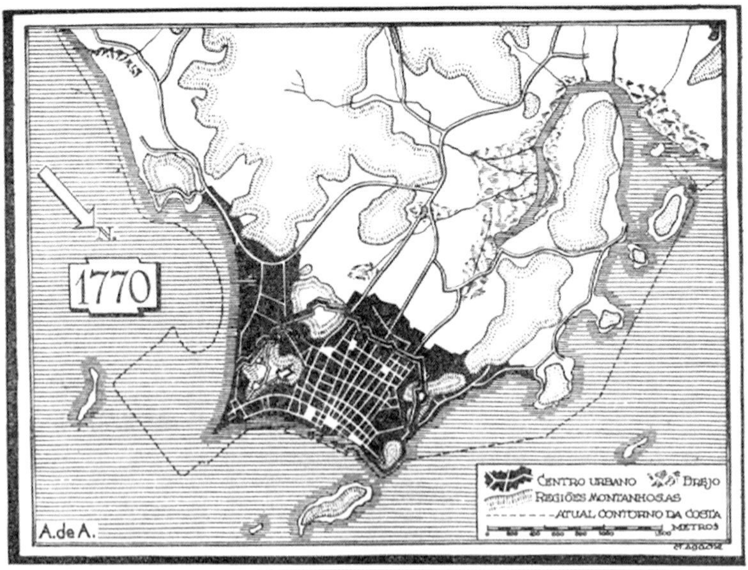
N.
1770
A.de A.
CENTRO URBANO
BREJO
REGIÕES MONTANHOSAS
ATUAL CONTORNO DA COSTA
METROS

Figura 25. Mapas do centro urbano do Rio de Janeiro em 1567, 1650, 1770 e 1808.[63]

Década de 1960

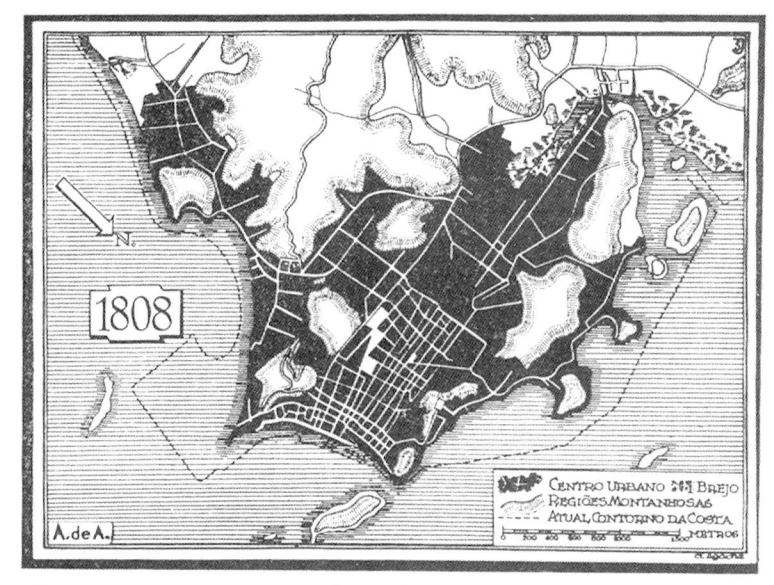

Na década de 1960, os estudos históricos das cidades tenderam a análises mais econômicas. Esse foi o caso do trabalho da historiadora Emília Viotti da Costa em seu clássico *Da Monarquia à República* (1966)[64], com um capítulo voltado para a questão da urbanização no Brasil; e da publicação do economista Paul Singer, que recebeu o título *Desenvolvimento econômico e evolução urbana* (1958)[65].

O citado capítulo do livro de Viotti apresenta um recorte temporal do século XVI ao final do XIX, enfatizando o potencial de desenvolvimento das cidades brasileiras, mais os limites históricos impostos pela economia rural e exportadora, que prevaleceu no país ao longo dos quatrocentos anos.

---

[63] *Ibidem*, p. 18, 30, 48 e 56.
[64] COSTA, *op. cit.*
[65] SINGER, Paul. *Desenvolvimento econômico e evolução urbana*. São Paulo: Companhia Editora Nacional, 1968.

A autora dividiu o tema em três períodos: colonial, primeira metade do século XIX e segunda metade do mesmo século. O período colonial trata a predominância do mundo agrário, em que os núcleos urbanos tiveram pouco significado, com exceção dos portos, e o comércio como atividade predominante. Às vilas e cidades cabiam as atividades político-administrativas, controladas por portugueses e grandes proprietários rurais, e as vivências religiosas, responsáveis pelas práticas de sociabilidade, catequese e vida cultural. Um maior desenvolvimento urbano só aconteceu no século XVIII por conta da mineração, que criou a demanda de uma presença mais rígida do controle fiscal português, instalado em vilas e cidades, e de trabalhadores livres atuando no abastecimento do mercado interno.

Para a autora, a primeira metade do século XIX foi uma época importante no desenvolvimento urbano brasileiro. As cidades, em geral, tornaram-se centros político-administrativos – por conta da vinda da corte portuguesa para o Brasil, da abertura dos portos em 1808 e da independência política – e o local para onde fluíam as elites capazes de governar o país. Todavia, a manutenção da economia agrário-exportadora inibia esse processo e estabelecia para as cidades limites ao desenvolvimento de uma cultura social e política mais autônoma. A oligarquia agrária impôs na cidade seu sistema de clientelismo na distribuição dos cargos públicos administrativos, a presença de um chefe político, que fazia prevalecer interesses privados nos assuntos públicos, e a manutenção dos laços de dependência e apadrinhamento.

Na segunda metade do século XIX, Viotti assinala inúmeros fatores que atuaram nas mudanças: a emancipação progressiva da mão de obra escrava; a chegada de imigrantes; a implantação de fábricas; a instalação de serviços de abastecimento de água e de iluminação pública; a ampliação do número de escolas primárias; a abertura de jornais e revistas; a melhoria dos sistemas de comunicação (com o telégrafo) e de transporte (com as ferrovias); e a presença de jovens bacharéis oriundos das faculdades de Direito e Medicina. Tudo isso possibilitou o crescimento do mercado interno, uma maior mobilidade social, novas formas de sociabilidade, o aumento do índice de alfabetização, a concentração urbana e a criação de uma atmosfera de modernidade vivida por aqueles que frequentavam os cafés e espaços de valorização da cultura europeia. No entanto, Viotti afirma que "a modernidade, aliada à urbanização, se fez apenas de fachada, dentro dos limites das cidades mais importantes. Frequentemente, não a muitos quilômetros de distância, o caboclo vegetava, à margem do progresso"[66].

Paul Singer, por sua vez, partiu de uma concepção teórica e metodológica marxista, na linha de análise denominada "dualista", que distinguia as sociedades como *desenvolvidas* e *subdesenvolvidas*, sendo que na primeira entendia-se a existência de dois setores: um moderno, adiantado ou capitalista; e um setor atrasado, ou pré-capitalista.[67] A partir dessa análise prioritariamente econômica, ele se esforçou para entender como ocorreu o processo de desenvolvimento econômico capitalista no Brasil, encarado a partir do crescimento urbano. Para isso, estudou as histórias de cinco cidades – São Paulo, Blumenau, Porto Alegre, Belo Horizonte e Recife –, particularizando-as e integrando-as a um processo histórico comum, ou seja, ao da expansão do capitalismo no país. As cinco cidades foram escolhidas por serem em algum período, segundo o autor, polos de onde irradiaram historicamente divisões do trabalho entre o campo e a cidade e entre regiões geoeconômicas.

[66] COSTA, *op. cit.*, p. 204.
[67] SINGER, *op. cit.*, p. 13.

O autor justifica a escolha das cinco cidades assim:

São Paulo, uma das duas metrópoles industriais do país; Blumenau, representante de uma das economias de origem camponesa do Sul do país; Porto Alegre, cuja economia reflete as contradições entre as estruturas latifundiárias do Sul mesmo; Belo Horizonte, cidade construída com deliberação e certo planejamento e cuja economia espelha as virtualidades agromineradoras do centro-leste brasileiro; Recife, a capital do Nordeste, repositório de seus problemas e de suas potencialidades[68].

Para Singer, os estudos das cinco cidades possibilitaram concluir que a base do crescimento urbano brasileiro foi o processo de industrialização – a indústria como o gerador dinâmico da expansão urbana.

Graças à industrialização, cresce o mercado de trabalho, a população urbana aumenta, o que leva a um aumento de demanda por produtos industriais na própria cidade; o mercado em expansão atrai mais estabelecimentos à cidade, provocando nova expansão industrial. O mercado urbano torna-se cada vez mais importante para a indústria, acabando por superar o mercado representado pelo campo, já que, na medida em que a industrialização prossegue, a população urbana cresce à custa da população rural.[69]

Para o autor, em algumas das cidades estudadas, como no caso de São Paulo e de Belo Horizonte, a concentração industrial e suas relações com outros mercados do país possibilitaram maior expansão urbana. Já em outras cidades como Recife, Porto Alegre

---

[68] Ibidem, p. 17.
[69] Ibidem, p. 369.

e Blumenau, a decadência da economia rural, provocada por diferentes fatores, limitou a expansão, pois elas dependiam muito de seus mercados locais. Diante das diferenças econômicas brasileiras, as análises do autor, no contexto histórico por ele vivido, apontavam para a intervenção fundamental do Estado na economia no esforço de promover a industrialização em regiões em que o livre mercado era ausente. Esse foi o caso, por exemplo, da atuação da Sudene no Nordeste.

Década de 1970

O interesse por discutir as questões da cidade aumentou na medida em que os centros urbanos cresceram. Nas décadas de 1960 e 1970, por exemplo, o regime militar no Brasil assumiu uma política desenvolvimentista de estímulo à indústria, que acarretou processos intensos de concentração da população nas cidades. Nesse contexto, e a partir de uma base teórica marxista, Lúcio Kowarick empreendeu estudos, entre os anos de 1973 e 1979, para analisar as consequências do acirramento da exploração do trabalho e da espoliação urbana, especialmente na região metropolitana de São Paulo.[70] Também estudou como foi forjado o poderoso esquema de controle, contenção e repressão às reivindicações da população trabalhadora. Em diferentes momentos de seu trabalho nota-se sua grande preocupação em mostrar as discussões entre os intelectuais que discordavam do regime político vigente, ou seja, ele salienta que qualquer concepção de democracia estaria comprometida se a desigualdade social e a repressão aos movimentos de defesa dos interesses vitais das camadas populares fossem mantidas.

[70] KOWARICK, Lúcio. *A espoliação urbana*. Rio de Janeiro: Paz e Terra, 1979.

Para o autor, a expansão econômica do Brasil naquele contexto representava um processo dilapidador,

> *na medida em que tem depredado parte da mão de obra que leva adiante os processos produtivos. [...] no período por muitos denominado de 'milagre brasileiro' os salários mínimo e mediano dos trabalhadores urbanos decresceram em termos reais em contraste com períodos anteriores. De outro lado, aponte-se o aumento da mortalidade infantil, da jornada de trabalho e do tempo de locomoção gasto por aqueles que utilizam os transportes coletivos, bem como a alta taxa de desemprego que atinge substancialmente os grupos etários mais idosos*[71].

Entender a cidade nos anos 1970 envolvia, em perspectiva ampla, o estudo da cidade capitalista: como a distribuição espacial da população, no crescimento caótico da cidade, refletia as condições sociais de seus habitantes, espelhando a segregação desencadeada pelas relações econômicas. Ou seja, a política econômica do país desarticulava a economia rural, incentivando a migração para as cidades (disponibilizando mão de obra para a produção e uma reserva para a indústria), que recebiam essa população sem investimento em infraestrutura urbana pública, provocando o agravamento dos problemas sociais na cidade: baixa qualidade de vida, aumento da pobreza e o crescimento de bairros periféricos e de favelas (que seguiram ou regrediram seguindo os fluxos dos interesses imobiliários privados) como locais de moradia da população trabalhadora.

De grande importância nos estudos urbanos da década de 1970 foi a preocupação em dar voz à po-

---
[71] *Ibidem*, p. 26.

pulação que vivia diretamente as contradições da pobreza na cidade. Em muitos capítulos de seu livro, Lúcio Kowarick transcreve depoimentos de moradores com a intenção de mostrar as condições de espoliação e sofrimento que os números e as estatísticas apresentavam apenas friamente.

> *Defendo esse dinheiro, mas para mim dar de comer a sete bocas, quatro filhos, eu e a mulher e meu pai, que meu pai não trabalha, o homem tem 62 anos de idade. Ou é 64? Aí pronto, não dá para viver. Agora, eu vendendo doce, tem dia que eu ganho 15, ganho 20, aumenta mais uma besteira. Um dia não tem nada dentro de casa, mas eu já saio, vendo um doce, de lá mesmo eu já passo num empório, num mercado, já trago feijão, uma farinha para comer [...]*.[72]

A vida da população pobre na cidade, contada a partir da perspectiva de quem é protagonista dos acontecimentos, transpareceu de maneira contundente quando, em 1960, uma mulher negra conseguiu, com a ajuda de um jornalista, publicar *Quarto de despejo*[73]. Em seu livro, Carolina Maria de Jesus transcreve os diários que escreveu em seus cadernos ao longo da década de 1950, contando sua rotina, seus desabafos, reflexões e vivências em uma favela no bairro do Canindé, na cidade de São Paulo.

> *30 de junho... Aquele preto que cata verdura no Mercado veio vender-me umas batatas murchas e brotadas. Olhando-as, vi que ninguém ia comprar. Pensei: este pobre deve ter vagado inutilmente sem*

---

[72] *Ibidem*, p. 166. Depoimento de João, 25 anos, vendedor de doces e biscoitos, retirante paraibano que se transformou em favelado na cidade de São Paulo.
[73] JESUS, Carolina Maria de. *Quarto de despejo*: diário de uma favelada. São Paulo: Ática, 1995.

conseguir dinheiro para a refeição. Perguntei-lhe se queria comida.
– Quero!
Dirigiu-me um olhar tão terno como se estivesse olhando uma santa. Esquentei macarrão, bofe e torresmo para ele.
1 de julho... Eu estou cansada e enjoada da favela. Eu disse para o senhor Manoel que eu estou passando tantos apuros...[74]

Desde então, as análises macroeconômicas também passaram a estar, progressivamente, associadas às relações interpessoais entre indivíduos, grupos e classes sociais, suas vivências, intervenções, memórias e representações das cidades.

Estudos históricos das cidades brasileiras a partir da década de 1980

Ao longo dos anos 1980 e 1990, os estudos históricos, geográficos, econômicos, arquitetônicos, antropológicos e de outras áreas passaram efetivamente a considerar as cidades como categoria de análise. Inúmeros artigos, coletâneas e livros foram publicados, sendo quase impossível fazer um balanço pontual das obras e dos autores. Assim, é possível apenas assinalar alguns trabalhos e tendências nas abordagens para possíveis situações escolares.[75]

É preciso considerar que a década de 1980 foi uma época de mudanças nos estudos históricos no Brasil. Se antes prevaleciam as abordagens teóricas marxis-

---

[74] *Ibidem*, p. 156.
[75] Para o balanço das correntes teóricas que influenciaram os estudos das cidades no Brasil, ver: FREITAG, Barbara. *Teorias da cidade*. São Paulo: Papirus, 2006. Para o balanço da produção dos geógrafos sobre o tema até o final da década de 1980, ver: CARLOS, Ana Fani Alessandri (org.). *Os caminhos da reflexão sobre cidade e o urbano*. São Paulo: Edusp, 1994.

tas, nos anos 1980 as análises econômicas mais estruturais foram sendo progressivamente confrontadas com dimensões mais cotidianas e com vivências sociais e culturais de distintos sujeitos históricos.

Ecléa Bosi, no prefácio do livro da historiadora Maria Odila Leite da Silva Dias, *Cotidiano e poder em São Paulo no século XIX*, escreveu:

> *Há obras que nos mostram a sala de visitas da História, com os retratos emoldurados na parede, os móveis de estilo e um belo arranjo para ser visto. Mas há pesquisas que vão aos fundos da casa, às cozinhas e oficinas, que esgaravatam os terrenos baldios onde se lançam detritos, àqueles lugares onde se movem as figuras menores e furtivas. [...]*
>
> *Os pequenos são os que viveram o tempo subjacente, dominado, que mergulhou e sumiu no tempo da classe dominante e na sua História.*
>
> *Foram as testemunhas da opressão; seus depoimentos, se os pudéssemos recolher, seriam o mais verídico testemunho do passado*[76].

Além de priorizarem outros sujeitos históricos, os historiadores também passaram a considerar diferentes documentos, dando mais atenção às intencionalidades, aos discursos e às representações. Essas tendências foram desencadeadas pelos estudos da historiografia francesa e inglesa, que passaram a encontrar adeptos aqui, incentivando pesquisas que envolviam, por exemplo, a questão da história da mulher, do cotidiano do trabalhador, da vida urbana e, com mais frequência, usando fontes como literatura, obras de arte, relatos de viajantes, memórias, fotografias, propagandas, produções humorísticas, música, cinema, jornal, revistas etc.

---

[76] DIAS, Maria Odila Leite da Silva. *Cotidiano e poder em São Paulo no século XIX*. São Paulo: Brasiliense, 1984, p. 3-4.

Na perspectiva da presença da diversidade de grupos sociais no espaço urbano, desenvolveu-se no Brasil, nas décadas de 1980 e 1990, o interesse pelas diferentes memórias de quem viveu nas cidades em outros tempos. Contribuiu muito para esses trabalhos o livro de Ecléa Bosi, *Memória e sociedade*[77], escrito na década anterior, com depoimentos de vários idosos que viveram em São Paulo no início do século XX. A muitos encantou, por exemplo, a leitura das lembranças da Dona Risoleta, filha de pai escravo, que nasceu no interior e depois veio morar em São Paulo; e das memórias do Sr. Antônio, filho de imigrantes italianos cuja família chegou ao Brasil para trabalhar nas fazendas de café.

> *São Paulo até embaixo do Viaduto do Chá era uma chácara, tinha verdura, vaca de leite. [...] a gente descia pela escadaria para os matos. Onde é a Rua Xavier de Toledo eram casas de pobres que alugavam cômodos. [...]*
>
> *Na Rua São Bento ficava a Leiteria Ferreira, uma leiteria chique. Gente de cor só podia comprar no balcão, não deixavam entrar e sentar, mesmo que fosse mulato bem claro. Ia ficar como nos Estados Unidos, que preto precisa andar no meio da rua, não pode andar na calçada? No Brasil teve um tempo que foi assim.*[78]

Os estudos históricos realizados a partir da memória oral passaram a ser valorizados com mais frequência pelos historiadores na década de 1990, e possibilitaram ampliar a compreensão da cidade. Na história de vida de indivíduos de distintas origens e culturas, esses estudos tornaram possíveis aproxi-

---
[77] BOSI, Ecléa. *Memória e sociedade*: lembranças de velhos. São Paulo: T. A. Queiroz; Edusp, 1987.
[78] *Ibidem*, p. 316. Depoimento de Dona Risoleta.

mações com vivências cotidianas diferentes, com o uso e os valores que atribuíam aos espaços públicos, com as atividades e condições de vida nos ambientes domésticos, com a vida em família e nas comunidades em diversas ocasiões sociais e culturais, com a história de sobrevivência e de trabalho ao longo da vida, e em diferentes contextos de produção e, ainda, com a possibilidade de escuta dos sentimentos e representações para os entendimentos e desentendimentos entre classes distintas.[79]

Na perspectiva da história social, as mulheres pobres de São Paulo começaram a emergir no cenário da cidade por meio do trabalho da historiadora Maria Odila Leite da Silva Dias.

> *A urbanização de São Paulo não envolveu, de imediato, a ascensão social de uma burguesia europeizada, nem a formação de uma classe de assalariados livres. Entretanto, a multiplicação de mulheres pobres, escravas e forras, sobrevivendo do artesanato caseiro e do pequeno comércio ambulante, faz parte da consolidação da economia escravista de exportação e do processo, concomitante, de concentração das propriedades e da renda.*[80]

Diante do tema da cidade que se fortalece na década de 1980, e diante da constatação de uma realidade urbana contundente com tensões sociais, marginalização, crise na habitação, poluição, violência e especulação imobiliária, o historiador Ulpiano T. Bezerra de Meneses, em artigo na *Revista Brasileira de História*, do início de 1985, abordando a relação entre museu e história da cidade, questionava:

---

[79] MATOS, *op. cit.*
[80] *Ibidem*, p. 9.

> *Qual realidade? Qual cidade? A cidade dos antepassados, dos heróis fundadores e outros heróis (e dos vilões), dos donos do poder, de ontem e de hoje? Ou, conforme a fonte de informação, a cidade dos eruditos e dos historiadores, dos poetas oficiais, dos urbanistas, planejadores e tecnocratas? Dos habitantes? Quais? Do homem da rua e daquele que, com suas mãos a constrói, simples instrumento?*[81]

Questões como essas faziam os historiadores procurar entender a cidade em suas diferentes aparências. O trabalho de Maria Odila Leite S. Dias já apresentava descrições do século XIX, com um cotidiano pouco pesquisado até então.

> *Brancas pobres, escravas e forras faziam o comércio mais pobre e menos considerado que era o dos gêneros alimentícios, hortaliças, toucinho e fumo, nas ruas delimitadas pela Câmara: nas casinhas da Rua da Quitanda Velha, na Ladeira do Carmo, chamado "o Buracão", na Rua do Cotovelo (1800)... Entre a Igreja da Misericórdia e a do Rosário, as quitandeiras espalhavam pelo chão seus trastes, vendendo um pequeno comércio de vinténs para escravos. O comércio ambulante foi aos poucos tomando becos e travessas entre a Rua do Rosário e a do Comércio: Beco do Inferno, da Cachaça... a ponto de se queixarem dele os comerciantes da Rua Direita, estabelecidos em suas lojas, reclamando principalmente da sujeira, dos mosquitos e dos maus cheiros.*[82]

---

[81] MENESES, Ulpiano T. Bezerra de. O museu na cidade versus a cidade no museu: para uma abordagem histórica dos museus de cidade. *Revista Brasileira de História*, São Paulo, v. 5, nº 8-9, p. 199, set. 1984-abr. 1985.
[82] DIAS, *op. cit.*, p. 14.

Essas ruas e becos constituíam parte do antigo centro de São Paulo, que permaneceu como espaço importante de deslocamentos para quem vivia na cidade. Observe um recorte feito a partir da planta de Affonso de Freitas que representa a cidade do século XIX (figura 26), onde é possível localizar os locais de concentração das vendedoras ambulantes.[83]

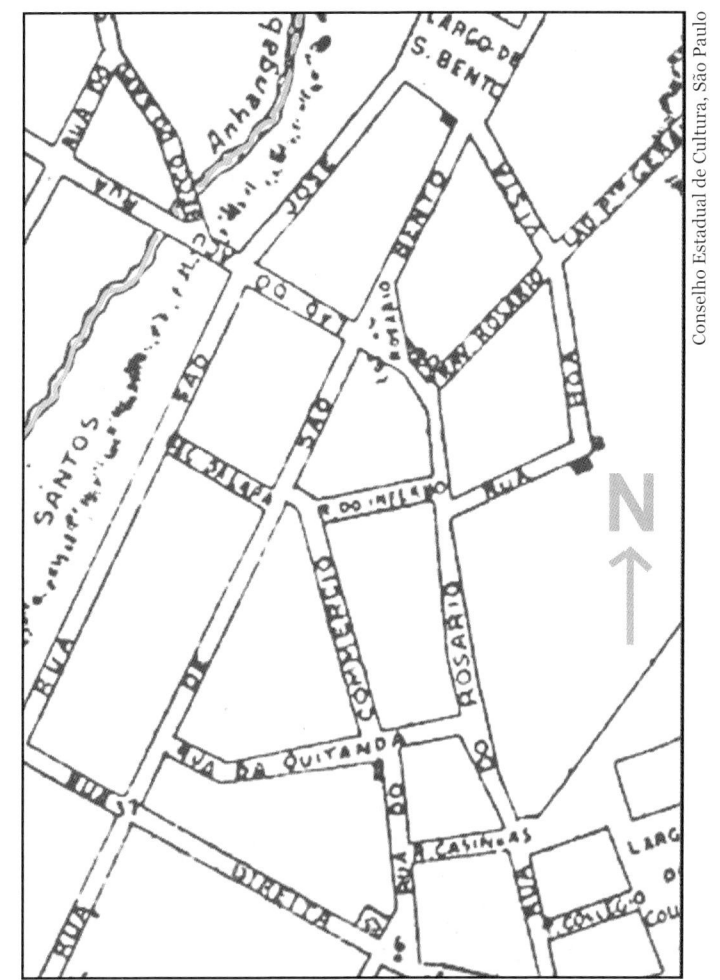

Figura 26. Planta realizada por Affonso de Freitas: centro de São Paulo no século XIX.

---

[83] FREITAS, Affonso A. de. Planta da cidade de São Paulo: 1820-1874. In: GASPAR, Byron. *Fontes e chafarizes de São Paulo*. São Paulo: Conselho Estadual de Cultura, 1970.

Quase vinte anos depois da descrição das mulheres pobres no trabalho de Maria Odila Leite S. Dias, o historiador Carlos José Ferreira dos Santos, no livro *Nem tudo era italiano*, explorou a fotografia como documento para localizar, no movimento das ruas de São Paulo, os trabalhadores nacionais, suprimidos da história da cidade por conta da valorização da presença dos imigrantes europeus.[84] Apesar das intenções dos fotógrafos do século XIX e início do XX terem sido outras, de principalmente exaltar o "progresso" e a "modernidade", o historiador potencializou essas fontes, identificando nelas aquilo que foi além da intenção dos autores: o registro das pessoas ocultas, escondidas nas paisagens cotidianas urbanas. Observe a foto feita pelo fotógrafo Militão de Azevedo (figura 27a), que data de 1862, e o pormenor (figura 27b), onde é possível reconhecer mulheres quitandeiras no Largo da Memória, em São Paulo, pesquisadas pela historiadora Maria Odila.

Coleção Gilberto Ferrez

Figura 27a. Foto de Militão de Azevedo: mulheres quitandeiras no Largo da Memória, São Paulo, 1862. Detalhe na página ao lado.[85]

---

[84] SANTOS, Carlos José Ferreira. *Nem tudo era italiano*: São Paulo e pobreza (1890-1915). 2ª edição. São Paulo: Fapesp; AnnaBlume, 2003 (1ª edição, 1998).
[85] FERREZ, *op. cit.*, p. 186.

No processo de diversificação de fontes de estudos históricos e questionamentos diante das cidades, há o exemplo da pesquisa do historiador Nicolau Sevcenko, que se concretizou no livro *Literatura como missão*, no qual o Rio de Janeiro do início da República é analisado por meio da literatura, principalmente a partir das obras de Lima Barreto, Euclides da Cunha, Olavo Bilac, João do Rio, Machado de Assis e outros cronistas da época.[86]

Segundo Sevcenko,

> *o estudo da literatura conduzido no interior de uma pesquisa historiográfica [...] preenche-se de significados muito peculiares. Se a literatura moderna é uma fronteira extrema do discurso e o proscênio dos desajustados, mais do que o testemunho da sociedade, ela deve trazer em si a revelação dos seus focos mais candentes de tensão e a mágoa dos aflitos. Deve traduzir no seu âmago mais um anseio de mudança do que os mecanismos da permanência. Sendo um produto do desejo, seu compromisso é maior com a fantasia do que com a realidade. Preocupa-se com aquilo que poderia ou deveria ser a ordem das coisas, mais do que com o seu estado real.*

Figura 27b. Detalhe ampliado da foto ao lado.

Coleção Gilberto Ferrez

---

[86] SEVCENKO, Nicolau. *Literatura como missão*: Tensões sociais e criação cultural na Primeira República. 2ª edição. São Paulo: Brasiliense, 1985 (1ª edição, 1983).

> *Nesse sentido, enquanto a historiografia procura o ser das estruturas sociais, a literatura fornece uma expectativa do seu vir-a-ser[87].*

Se os questionamentos a respeito da vida urbana tendessem sempre para a aceitação do que tem sido concretizado na realidade urbana, talvez a literatura como fonte histórica não tivesse tanta relevância como pode adquirir para as pesquisas que procuram incorporar a diversidade de sujeitos que atuam, se acomodam ou simplesmente sofrem as consequências dos embates, conflitos de interesses, ideias, contradições e projetos modelados para a convivência nas cidades. Assim, o estudo de Sevcenko contribui para tornar visível, através das apologias ou das insatisfações de textos de cronistas, a história da cidade do Rio de Janeiro que se realizou ou deixou de existir em nome da "modernização" implantada no início do século XX, com a reforma de Pereira Passos.

Em uma crônica na *Revista Kosmo*, de outubro de 1906, citada por Sevcenko, Olavo Bilac emprega adjetivos para descrever e se posicionar a favor da nova paisagem modernizada do Rio de Janeiro e condenar a presença dos romeiros da Penha na Avenida Central, como se eles representassem uma população pertencente a outro espaço (e a outro tempo), longe dali.

> *Num dos últimos domingos vi passar pela Avenida Central um carroção atulhado de romeiros da Penha: e naquele amplo boulevard esplêndido, sobre o asfalto polido, contra a fachada rica dos prédios altos, contra as carruagens e carros que desfilavam, o encontro do velho veículo, em que*

---
[87] *Ibidem*, p. 20.

os devotos bêbados urravam, me deu a impressão de um monstruoso anacronismo: era a ressurreição da barbaria – era uma idade selvagem que voltava, como uma alma do outro mundo, vindo perturbar e envergonhar a vida da idade civilizada... Ainda se a orgia desbragada se confinasse ao arraial da Penha! Mas não! Acabada a festa, a multidão transborda como uma enxurrada vitoriosa para o centro da urbs...[88]

Como analisou Sevcenko, os escritores cariocas abusaram da oposição entre a sociedade industrial e "moderna" e o mundo rural e "atrasado". Ao mesmo tempo, aos poucos os poderes públicos modelaram os comportamentos e costumes em função de uma nova paisagem, que rejeitava a boemia, a serenata, o violão, as manifestações populares, a vadiagem, as pensões e restaurantes baratos, as barracas e quiosques dos varejistas, as carroças, carroções e carrinhos de mão, os cães vadios, as mangas de camisa, os pés descalços, a religiosidade popular, a doença, o carnaval de batuques e pastorinhas, os cordões, as fantasias de índio, os mendigos, os esmoles, os indigentes, os ébrios e as prostitutas.

"Na Europa ninguém, absolutamente ninguém, tem a insolência e o despudor de vir para as ruas de Paris, Berlim, de Roma, de Lisboa etc., em pés no chão e desavergonhadamente em mangas de camisa."[89]

O ideal de modernidade nem sempre era plenamente realizado nas cidades europeias, que viviam também o processo de imposições de novos costumes, e ainda expunham seus contrastes. Observe, por exemplo, as figuras 28 e 29 – fotos de pessoas nas ruas de Lisboa no começo do século XX.

---

[88] BILAC, Olavo, *apud ibidem*, p. 69.
[89] *Revista Fon Fon*, 30 maio 1914, *apud* SEVCENKO, *op. cit.*, p. 34.

Figura 28. Foto de Joshua Benoliel: ardina (jornaleiro) e vendedor de capilé (refresco), Lisboa, 1908.⁹⁰

Figura 29. Foto de Joshua Benoliel: chafariz de São Paulo, Lisboa, 1907.⁹¹

---

⁹⁰ Fonte: Arquivo da Câmara Municipal de Lisboa. CÂMARA Municipal de Lisboa [site institucional]. Factos, números e história; Memórias da cidade. Disponível em: http://www.cm-lisboa.pt/?idc=8&pos=0. Acesso em: 10 fev. 2012.
⁹¹ *Ibidem*.

Inúmeros temas das vivências urbanas do Rio de Janeiro e de outras cidades brasileiras podem ser analisados a partir das crônicas literárias: as ruas e os becos, os motins urbanos, o preço das moradias, os indígenas na cidade, a polícia e as perseguições, mudanças de comportamentos, os grupos sociais, a cultura popular na cidade, a convivência e a circulação etc.

Como na pesquisa de Sevcenko, um dos temas mais frequentes entre as produções historiográficas dos anos 1980-1990 foi a "cidade moderna", com especial atenção às reformas urbanas do início do século XX nas cidades brasileiras e aos estudos do modo de vida predominante nas cidades industriais e contemporâneas.

Entre as reformas urbanas de modernização no Rio de Janeiro, é possível citar: Pereira Passos (1902-1906), que derrubou parte da cidade colonial, abrindo a Avenida Central; a contenção das faixas litorâneas do centro à zona sul, de Copacabana ao Leblon; e a reforma de Carlos Sampaio (1920-1922), com o desmonte do morro do Castelo, local de moradia da população pobre, arrasado e aos poucos urbanizado. Na cidade de São Paulo o prefeito Antônio da Silva Prado (1899-1910) promoveu reformas e, depois, o prefeito Prestes Maia (1938-1945), com a segunda grande reforma modernizadora na década de 1940, que abriu largas avenidas, túneis e elevados para dar espaço aos automóveis. Em Santos, a reforma urbana envolveu o saneamento de territórios alagados, a drenagem das águas e a construção de canais, transformando a cidade, de maior porto do país, em uma cidade também de veraneio. Assim como essas, Curitiba, Salvador, Porto Alegre e Recife também viveram reformas entre o final do século XIX e o início do XX.

Contribuições de Walter Benjamin e de Henri Lefebvre para o estudo das cidades

Em muitos casos, as ideias e os textos do filósofo Walter Benjamin foram referências teóricas de alguns dos trabalhos que estudaram a "modernidade" urbana no Brasil. Porém, segundo Barbara Freitag, os autores que seguiram categorias benjaminianas nem sempre analisaram propriamente a história dessas cidades, mas preferiram "retomar as categorias da alegoria e da *flânerie* como metáforas do homem moderno perdido na multidão das cidades superlotadas"[92].

Na opinião de Freitag, esse não foi o caso de Willi Bolle no seu livro *Fisiognomia da metrópole moderna*[93]. Para a autora, Bolle examinou, "com auxílio de categorias benjaminianas, a megalópole paulista do final do século XX"[94]. Para isso, deu atenção às representações de Benjamin para a cidade, entendida "como espaço de experiência sensorial e intelectual da Modernidade"[95].

> *Ator da Modernidade, Benjamin mostra a cidade como palco de conflitos sociais, de revolta e revolução, como espaço lúdico do* flâneur *contracenando com uma multidão erotizada, como labirinto do inconsciente individual e social, que ele se propõe a decifrar. Quando lemos essas obras não como uma sequência, e sim como uma constelação de retratos urbanos, como um texto único, ocorre uma superposição surrealista das cidades concretas de Berlim, Paris, Moscou e outras, resultando disso uma nova realidade: a Metrópole Moderna enquanto imagem mental.*[96]

---

[92] FREITAG, *op. cit.*, p. 127.
[93] BOLLE, Willi. *Fisiognomia da metrópole moderna*. São Paulo: Fapesp; Edusp, 1994.
[94] FREITAG, *op. cit.*, p. 128.
[95] *Ibidem*, p. 271.
[96] *Ibidem*, p. 272.

Para Bolle, Benjamin, além de projetar a perspectiva de uma história coletiva, que se concretiza em diferentes realidades urbanas, realizou em seus textos "uma experimentação com o trabalho de memória".

> Se dividirmos os retratos existentes de cidades em dois grupos, conforme o lugar de nascimento do autor, percebemos que os escritos por autóctones são minoria. O motivo superficial, o exótico, o pitoresco só atrai os de fora. Para o autóctone obter a imagem de sua cidade são necessárias motivações diferentes, mais profundas. Motivações de quem, em vez de viajar para longe, viaja para o passado. Sempre o retrato urbano do autóctone terá afinidade com o livro de memórias, não é à toa que o escritor passou sua infância nesse lugar.[97]

Bolle chama então a atenção para os escritos das memórias de infância de Benjamin em Berlim.

> Como um molusco em sua concha, eu habitava o século XIX, que agora está oco diante de mim como uma concha vazia. Levo-a ao ouvido. – O que ouço? Não ouço o disparo dos canhões nem a música dos bailes de Offenbach, tampouco o apito das fábricas ou a gritaria da Bolsa de Valores, nem o trotar de cavalos nos paralelepípedos ou a banda militar. O que ouço é o breve estrondo do carvão caindo do balde de zinco dentro do fogão de ferro, é o surdo estalo com que se acende a camisa da lâmpada de gás, e o tinir de seu globo no arco de latão quando passa na rua um veículo. E ainda outros barulhos, como o chocalho da cesta de chaves, as campainhas da escada da frente e dos fundos; por fim aparece também um verso de

---

[97] BENJAMIN, Walter *apud* BOLLE, *op. cit.*, p. 316.

infância: *"Atenção que a ti vou contar / Da Mummerehlen a história sem par.*[98]

Segundo Willi Bolle, a memória afetiva e a sensibilidade de um artista possibilitam ao leitor sentir, como concretude, as sensações de uma época passada que nenhum texto histórico consegue realizar. E conclui que, entre a história coletiva e a biográfica, existe uma micro-história a explorar que solicita a compreensão de que, ao se apoderar de uma memória da cidade, aquele que a flagra está também flagrando a si mesmo.

Conta Bolle que os textos de memórias da infância de Benjamin expressam um momento difícil na vida do autor, uma tentativa de preservar por escrito a memória da cidade antes que fosse destruída. Escreveu como um patrimônio de pai para filho, numa época em que se sentia em perigo e pretendia dar fim à sua vida. Assim, se via entre três tempos – um "agora" que recordava o "passado" para legá-lo como "herança" de compromisso com o "futuro". Essa relação entre os tempos é o que, para ele, articulava e dava significado à História como um *continuum* no tempo. Assim, para Benjamin a memória não representava unicamente o passado, mas a relação entre aquele que no presente recorda o passado sabendo que deve ter uma responsabilidade com o futuro.

Nessa perspectiva, os estudos da história das cidades para os leitores de Benjamin no Brasil deveriam reconhecê-la como uma questão do seu próprio tempo, desencadeada a partir de um reconhecimento de como ela se configura nas suas contradições, como um perigo do "agora" que solicita um olhar mais aprofundado ao passado, para arrancar da História seu conformismo e projetar outras possibilidades. E

---

[98] *Ibidem*, p. 317.

isso significava permitir que a cidade fosse também conhecida por meio daqueles que nela construíam suas memórias.

Outro autor importante para o estudo do urbano no Brasil tem sido Henri Lefebvre, que é referência teórica para muitos estudiosos brasileiros, como, por exemplo, para o geógrafo Milton Santos.

> *[...] cabe mencionar a repercussão duradoura do pensamento de Henri Lefebvre no Brasil, especialmente entre geógrafos, arquitetos e urbanistas de tradição marxista, que absorveram seus ensinamentos, incluindo-os em currículos acadêmicos, programas habitacionais e propostas de planejamento regional. [...] O autor brasileiro que teve maior repercussão nessa linha foi, sem dúvida, Milton Santos, estudioso da questão urbana na França, onde defendeu sua tese sobre a ocupação e a transformação do espaço na cidade de Salvador em 1955.*[99]

Tanto para Lefebvre quanto para Milton Santos, o espaço é concebido como espaço construído historicamente no tempo. E, em decorrência disso, acreditam que as diferentes relações sociais, construídas historicamente, acumulam-se, sobrepostas, nos espaços das cidades.

Para Lefebvre:

> *O espaço não é senão a inscrição do tempo no mundo, os espaços são as realizações, as inscrições na simultaneidade do mundo externo de uma série temporal que inclui os ritmos da cidade, os ritmos da população urbana. [...] a cidade é o desdobramento do tempo, daqueles que são seus moradores*[100].

---

[99] FREITAG, *op. cit.*, p. 130.
[100] LEFEBVRE, Henri *apud* FREITAG, Bárbara. *Teorias da cidade*. 4ª edição. São Paulo: Papirus, 2006, p. 71.

Para Milton Santos:

O espaço [...] é um testemunho, ele testemunha um momento de um modo de produção pela memória do espaço construído, das coisas fixadas na paisagem ainda. Assim o espaço é uma forma, uma forma durável, que não se desfaz paralelamente à mudança dos processos: ao contrário, alguns processos se adaptam às formas pré-existentes, enquanto que outros criam novas formas para se inserir dentro delas[101].

Assim, a relação espaço/tempo produz, segundo os autores, um espaço específico, que é expressão da sociedade que o organiza. E o espaço, por sua vez, condensa o modo de produção do presente e outros modos de produção anteriores. Essas são referências teóricas importantes para os estudos históricos atuais e para serem incorporadas, como veremos, ao planejamento escolar sobre a história das cidades.

---

[101] SANTOS, Milton *apud* SILVEIRA, Rosa Maria Godoy. Região e história: Questão de método. In: SILVA, Marcos (org.). *República em migalhas*: História regional e local. São Paulo: Marco Zero; Anpuh, 1990, p. 30.

Capítulo 3

Proposta de estudo das cidades brasileiras como recorte de problemática para o ensino de História

Os estudos históricos já realizados a respeito das cidades brasileiras contribuem com focos de análise orientadores nas escolhas de temas e abordagens para estudos escolares. Por exemplo, uma questão importante diz respeito ao reconhecimento da relevância desse tema para a sociedade contemporânea. Há a necessidade de estudos que diagnostiquem os elementos característicos das grandes questões urbanas atuais. Esses estudos devem ser balizas desencadeadoras de questionamentos e pesquisas que tenham importância para a escola e para os estudantes. Como escreveu Henri Lefebvre, "o nível de relações imediatas, pessoais e interpessoais (a família, a vizinhança, as profissões e corporações, a divisão do trabalho entre as profissões etc.) só se separa da realidade urbana por abstração"[102].

Lefebvre ensina que é importante que os estudos históricos partam de uma questão do presente. E assim também é nos estudos escolares. A partir dessa questão, é necessário aprofundar as relações que ela estabelece com outras vivências no passado. Desse modo, a questão contemporânea pode ser entendida em uma dimensão temporal, contribuindo para novas reflexões a respeito de nossas posições diante da sociedade na qual vivemos.

Metodologicamente, Lefebvre sugere que

---

[102] LEFEBVRE, Henri. *O direito à cidade*. São Paulo: Moraes, 1991, p. 52.

> *o trabalho correto consiste [...] em ir dos conhecimentos mais gerais aos conhecimentos que dizem respeito aos processos e às descontinuidades, à sua projeção ou refração na cidade, e inversamente, dos conhecimentos particulares e específicos referentes à realidade urbana para o seu contexto global*[103].

Por exemplo, há algumas décadas, as cidades brasileiras têm vivido processo de concentração de espaços de consumo (associados também ao lazer), como é o caso da expansão dos shopping centers[104], e de disseminação cada vez mais intensa de valores consumistas, principalmente entre crianças e jovens. Como esses fenômenos afetam o cotidiano das pessoas? Como modificam as relações de sociabilidade nas cidades? Como eram os espaços de compra e venda em outras épocas? Há permanências? Eram diferentes?

> *Os shoppings viraram os palacetes do consumo, da exposição de mercadorias, dos estacionamentos pagos mas seguros, dos locais de diversão. Significam a morte do pequeno comércio, do botequim da esquina, da vida de bairro. Basta pensar no deslocamento do centro do Rio de Janeiro para a Barra da Tijuca, onde o culto à vida consumista do mundo da mercadoria encontra recordes e superlativos.*[105]

Uma problemática como essa pode desencadear estudos históricos que possibilitam aos alunos refletirem a respeito do modo de vida e dos valores di-

---
[103] *Ibidem*, p. 53.
[104] "No Brasil, o primeiro shopping center se instalou em 1966 em São Paulo e permaneceu único até o período seguinte, quando foram construídos mais dois shopping centers, um no Distrito Federal e outro no Paraná. Entre 1975 e 1979 foram inaugurados mais quatro shopping centers (dois em São Paulo, um em Minas Gerais e um na Bahia) e foi só a partir de 1980 que o fenômeno se difundiu por outros estados brasileiros." (PINTAUDI, Silvana Maria. O shopping center no Brasil: Condições de surgimento e estratégias de localização. In: PINTAUDI, Silvana Maria; FRÚGOLI JR., Heitor [orgs.]. *Shopping centers*: espaço, cultura e modernidade nas cidades brasileiras. São Paulo: Unesp, 1992, p. 17.)
[105] FREITAG, *Teorias da cidade*. 4ª edição. São Paulo: Papirus, 2006, p. 132.

vulgados na sociedade atual, que afetam as relações que estabelecem com as outras pessoas e com a vida em sociedade.

Assim, a proposta didática é partir de situações cotidianas, conhecidas, vividas e reconhecidas pelos estudantes, e a partir delas desencadear questionamentos, considerando realidades específicas da cidade onde moram. Ainda no mesmo exemplo: quais são os espaços de consumo na cidade (ou bairro) onde vivem? Qual é o valor atribuído a esses espaços? Quais são os mais e os menos valorizados? Quem ou o que determina o seu valor? Quais são as suas características? Quais são as semelhanças e diferenças entre eles? O que neles pode ser encontrado? Quais são os grupos sociais que frequentam esses diferentes espaços de consumo? Como eles estabelecem relações com outros espaços da cidade? Como eram os espaços de consumo noutras épocas? O que mudou com o tempo? O que permaneceu?

> *A presença dos shopping centers, em São Paulo, tem significado uma mudança das áreas comerciais, um deslocamento delas, uma redefinição valorativa da geografia comercial da cidade. Essas mudanças do comércio associam-se a mudanças nas áreas residenciais, valorizando novos espaços, verticalizando áreas. O próprio fluxo de automóveis muda, já que se criam pontos importantes de atração, principalmente para esse tipo de consumidores.*[106]

Outra questão importante é não perder de vista o esforço de estudar as realidades específicas, com o cuidado de não subordinar a história das cidades a modelos preestabelecidos ou conceitos preestrutura-

---

[106] GAETA, Antonio Carlos. *Gerenciamento dos shopping centers e transformação do espaço urbano*. In: PINTAUDI, op. cit., p. 57.

dos. Como explica Lefebvre, "o específico foge diante de esquemas simplificadores"[107].

No estudo dos espaços de consumo, por exemplo, a sugestão é partir do conhecimento de que eles estão relacionados a padrões da vida capitalista contemporânea. Dessa questão, a sugestão é centrar nas particularidades da realidade conhecida e, então, compará-la com outras realidades, confrontar hipóteses e abstrações, afrontar com conceitos construídos por análises mais amplas. Esse procedimento tem a intenção de resguardar a compreensão de que, apesar de processos mais globais, há agentes históricos específicos e conjunturas locais que se realizam na dimensão concreta da vida da cidade estudada, interferindo na construção de realidades particulares.

Como explica Barbara Freitag,

a adoção de formas urbanas de viver (baseada no carro particular, nos condomínios em bairros nobres ou em casas individuais de subúrbio, acrescidas do comércio de supermercados e shoppings) permitiu a recepção e a absorção, no Brasil, do american way of life e, com ele, de todas as formas de materialização da vida[108].

Do ponto de vista didático, esse procedimento é um grande ganho na aprendizagem dos alunos, na medida em que eles são colocados em situações favoráveis para refletir sobre as relações entre os conceitos e as realidades, entre o global e o específico, entre os movimentos de mudanças mais conjunturais da sociedade e as ações cotidianas de grupos e indivíduos.

Se a percepção da totalidade é necessária no estudo das cidades, também é importante que essa relação entre local e global (e/ou nacional e mundial)

---
[107] LEFEBVRE, *op. cit.*, p. 51.
[108] FREITAG, *op. cit.*, p. 133.

possa ser percebida nos entrelaçamentos cotidianos da vida urbana – principalmente considerando que os estudantes ainda dependem de informações e vivências concretas para lançarem suas indagações para planos mais conceituais de compreensão, que estruturam as perspectivas de análises mais gerais das sociedades.

Nessa linha, Lefebvre salienta a importância de considerar as especificidades no estudo das cidades. Ao mesmo tempo, chama a atenção para o fato de que a pluralidade compõe também o conceito de cidade, na medida em que as variações incluem os padrões:

> *propomos aqui uma primeira definição da cidade como sendo projeção da sociedade sobre um local, isto é, não apenas sobre o lugar sensível como também sobre o plano específico, percebido e concebido pelo pensamento, que determina a cidade e o urbano. [...] Donde uma outra definição que talvez não destrói a primeira: a cidade como sendo conjunto das diferenças entre cidades. Por sua vez, também esta determinação se revela insuficiente; pondo em evidência antes as singularidades da vida urbana, os modos de viver na cidade, o habitar propriamente dito. Donde uma outra definição, pela pluralidade, pela coexistência e simultaneidade no urbano de padrões, de maneiras de viver a vida urbana (o pavilhão, o grande conjunto, a copropriedade, a locação, a vida cotidiana e suas modalidades entre os intelectuais, os artesãos, os comerciantes, os operários etc.)*[109].

Desenvolver com os jovens trabalhos de estudo das cidades implica, assim, na clareza conceitual de que as cidades podem ser problematizadas e estuda-

---

[109] *Ibidem*, p. 56-57.

das a partir de questões que lhes são próprias, tendo em conta o fato de que as questões singulares, quando entendidas em profundidade, também contemplam dimensões regionais, nacionais e mundiais. E que o estudo de uma cidade específica não anula a compreensão do conceito mais geral de cidade. Isso não significa anular ou fazer desaparecer o que é específico e enriquecedor no estudo de realidades vividas, que se realizam na diversidade, na variação e nas contradições de modos de vida mais globais.

As realidades urbanas locais condensam modos de vida, costumes, histórias, modos de produção e de trabalho, relações de sociabilidade, relações com a natureza, que perpassam diferentes realidades de uma sociedade maior. Assim, dimensões amplas podem ser encontradas nos menores recortes de realidade.

> *Os processos nada mais são do que uma expressão da totalidade, do que uma manifestação de sua energia na forma de movimento; eles são instrumentos e o veículo da metamorfose de universalidade em singularidade por que passa a totalidade. O conceito de totalidade constitui a base para a interpretação de todos os objetos e forças.*[110]

O foco dos estudos sobre as especificidades das cidades favorece, por sua vez, a construção ou o fortalecimento de laços de identidades das crianças e jovens com os locais onde moram e com as pessoas do seu convívio. Ao mesmo tempo, o estudo das relações que a cidade estabelece com outras localidades amplia suas responsabilidades diante dos rumos da sociedade contemporânea mais ampla. Ainda mais: a vida na cidade demanda entendimentos de compor-

---

[110] SANTOS, Milton a*pud* SILVEIRA, Rosa Maria Godoy. Região e história: questão de método. In: SILVA, Marcos. *República em migalhas*: história regional e local. Marco Zero; ANPUH: São Paulo, 1990, p. 31.

tamentos e ideias considerados muito valiosos para o mundo atual, como a cidadania, a convivência na diversidade e a importância da alteridade e da preservação ambiental.

No caso do foco na questão dos espaços de consumo, fica explícita a importância do reforço de valores humanistas que o estudo das cidades pode favorecer, na medida em que os espaços urbanos intensificam e expõem a convivência de diferentes indivíduos e classes sociais – ou a sua segregação.

Capítulo 4

Como tem sido o ensino da história das cidades brasileiras na escola

O ensino de História nas escolas atuais tende a contemplar objetivos e conteúdos variados – apesar de, no dia a dia escolar, predominarem alguns modelos e finalidades intrinsecamente envolvidos com as tradições educacionais, que não incluem entre seus conteúdos o estudo das cidades brasileiras. São frequentemente as referências curriculares oficiais, que promovem, desde a década de 1980, mais aberturas para novos conteúdos e para diferentes possibilidades de abordagens teóricas e metodológicas.

Como se sabe, as tendências de organização de conteúdos no ensino de História, durante muito tempo, incluíam o estudo de fatos políticos e institucionais das nações; de heróis e governantes como sujeitos históricos; de recortes de tempo cronológicos, dispostos de modo a organizar as relações entre acontecimentos sob uma perspectiva "evolutiva"; e a ênfase na memorização, com uso de questionários de síntese e reforço, como principal recurso didático.

Com o regime militar e as mudanças curriculares na década de 1970, e a implantação da disciplina de Estudos Sociais, o ensino de História ficou em segundo plano, prevalecendo o ensino de conteúdos voltados para valores cívicos. Já nas décadas de 1980 e 1990, disseminou-se o ensino através da "história crítica", com fundamentos marxistas; a "história do cotidiano" e a "história temática", derivadas da história cultural francesa; a "história integrada" ou "toda a história", decorrente de concepções positivistas que valorizavam o encadeamento de "causa e efeito", contraditoriamente em busca de uma história processual;

e o trabalho com eixo-temático, que apareceu nos manuais, tendo sido proposto nas reformas curriculares de São Paulo, da década de 1980, a partir de fundamentos neomarxistas. No século XXI, algumas dessas tendências permanecem.

A proposta de desenvolver estudos com a história das cidades brasileiras torna-se mais coerente com o trabalho com *eixo-temático*, que, a partir de um problema do presente, questiona com os alunos outros contextos históricos e, assim, projeta o presente em temporalidades, na perspectiva teórica e metodológica sustentada nas produções de Henri Lefebvre e Walter Benjamin.

Antes, porém, de apresentar propostas mais concretas para o tema, é preciso questionar: o que já foi produzido nos estudos escolares sobre a história das cidades brasileiras? Como é possível fazer escolhas de procedimentos e de recortes temáticos para que os trabalhos possam contribuir efetivamente para a formação dos estudantes e a ampliação dos seus conhecimentos? Como é possível aprofundar o estudo em diferentes aspectos e enfrentar um entendimento mais questionador da realidade urbana?

Vamos avaliar, então, algumas tendências de abordagem do tema encontradas no trabalho escolar. Nesse sentido, é possível afirmar que é pouco frequente localizar no cotidiano da escola a seleção de conteúdos por temas ou por eixos temáticos. Tradicionalmente, os conteúdos do ensino fundamental II e do ensino médio estão organizados em função de sequências cronológicas, do passado para o presente, dando-se ênfase aos momentos históricos mais relevantes da história ocidental, fundamentalmente aqueles construtores das nações.

No que se refere aos estudos da história das cidades, constata-se que, em diferentes materiais didáticos, as questões pertinentes às cidades brasileiras têm sido apresentadas como reflexos de temas da história nacional – e não propriamente focadas no estudo das cidades. Recife e Olinda são citadas na época da riqueza açucareira colonial, nos conflitos da Guerra dos Mascates e na reforma urbana empreendida pelos holandeses no Nordeste. Alusões a Vila Rica (Ouro Preto) aparecem nos estudos da mineração do século XVIII e das revoltas contra a coroa portuguesa, como no caso da Inconfidência Mineira. Salvador, Rio de Janeiro e Brasília são mencionadas como capitais do Brasil e, assim, como cenário da administração e sede do poder colonial, imperial e republicano. O Rio de Janeiro, especialmente, aparece como tema de estudo na época da chegada da corte portuguesa e na Revolta da Vacina, no contexto da política sanitarista e da reforma urbana da primeira década do século XX. Estuda-se Brasília como obra do governo de Juscelino Kubitschek. A cidade de São Paulo é citada por conta da economia cafeeira, da industrialização e do movimento operário. Há outros propósitos de estudos históricos escolares em que alguma outra cidade brasileira tem sido estudada? Se sim, em função de suas questões especificamente urbanas, ou por conta da história nacional?

Entre os conteúdos de História, no ensino fundamental I as cidades onde moram os estudantes são tema dos currículos voltados ao estudo dos municípios. Nesse caso, a ênfase é na história local, que tem sido estudada a partir de algumas tradições.

Um dos modelos usados com mais frequência pelos autores de material didático é o que valoriza a história local a partir de aspectos de grandeza nacional, no esforço de encontrar uma importância "mais nobre" para as atividades e produções locais, muitas vezes entendidas como empobrecidas, por estarem distantes de grandes feitos ou histórias consagrados.

Por exemplo, procuram revelar gradualmente a inserção histórica e geográfica da cidade ou município, apresentando-a em relação à história e à geografia do Brasil. Assim, os textos apresentam primeiro o Brasil, depois o estado, depois a região e, finalmente, a cidade. Procuram, então, explicá-la na perspectiva nacional mais ampla, narrando, por exemplo, a chegada dos portugueses, a fundação das primeiras povoações e as façanhas dos primeiros heróis nacionais que estabeleceram de algum modo relações com a história local propriamente estudada. Outros temas de relevância nacional são escolhidos na sequência para dar continuidade aos estudos, que parcialmente estabelecem suas relações com os aspectos da especificidade onde se mora.

Essas abordagens da história das cidades são recorrentes também nas produções de historiadores. Raquel Glezer, no livro *Chão de terra*[111], apresenta diferentes perspectivas de análise pelas quais as cidades foram estudadas, enfocando São Paulo. Destaca que os temas frequentes referem-se, assim como nos materiais didáticos, à fundação da vila, aos fundadores, aos primeiros povoadores, à atuação dos bandeirantes, ao descobrimento das minas, à expansão do café, à imigração e à industrialização.

Há muitas críticas a esse modo de tratar os estudos locais. O sociólogo José de Souza Martins, analisando essa tendência, explica:

> *A história local não é necessariamente o espelho da História de um país e de uma sociedade. A história local não é nem pode ser uma história-reflexo, porque se o fosse negaria a mediação em que se constitui a particularidade dos processos locais e imediatos e que não se repetem, nem podem se*

---

[111] GLEZER, Raquel. *Chão de terra e outros ensaios sobre São Paulo*. São Paulo: Alameda, 2007.

repetir, nos processos mais amplos, que com mais facilidade poderíamos definir como propriamente históricos[112].

Outro enfoque dos estudos das cidades nos livros didáticos tem sido a valorização de textos que privilegiam versões oficiais, institucionais, com recortes em temas políticos e em personagens que assumiram cargos do poder local. Nessa linha, há o destaque para os personagens fundadores, as sagas das famílias pioneiras e as façanhas de administradores políticos.

"A História aí aparece deformadamente como a história dos primeiros: o primeiro nascimento, o primeiro enterro, o fundador, o primeiro alfaiate, a primeira parteira..."[113]

Uma opção, assim, no trabalho com o estudo das cidades brasileiras na escola, é evitar alguns modelos de escrita das questões locais que reduzem os estudos da cidade apenas a certos acontecimentos pioneiros (primeira casa, primeiro hospital etc.) ou aos feitos da história regional ou nacional. E ainda evitar o apego a temas já consagrados e conhecidos, que reforçam valores consolidados pela memória, sem qualquer discernimento crítico. Geralmente, considera-se que o local, a cidade, a vila e a indústria são projetados por sua riqueza, seu progresso, seu desenvolvimento ou sua beleza, sem uma reflexão a questionar os valores que estão sendo disseminados.

A título de exemplo, preste atenção em como o texto do site da prefeitura do município paulista de Osasco conta a história local. Repare que, apesar de

---

[112] MARTINS, José de Souza. *Subúrbio*: vida cotidiana e história no subúrbio da cidade de São Paulo: São Caetano, do fim do Império ao fim da República Velha. São Paulo: Hucitec; Prefeitura de São Caetano do Sul, 1992, p. 12.
[113] *Ibidem*, p. 14.

abordar a ocupação anterior da região, o material cita nominalmente um personagem como o pioneiro da história da cidade. O texto observa que é com ele que "começa a nossa história". Note que não há menção às populações indígenas que existiam antes na região, nem há muitos detalhes a respeito dos primeiros sitiantes. O protagonista que faz a história é um imigrante europeu (a quem o município no presente quer estar associado como memória do passado), que está ligado a importantes temas da história paulista e da história nacional, como a ferrovia, a imigração e a industrialização, apresentados como sinônimos de desenvolvimento. Associadas à imagem do pioneiro, assim como do município, estão palavras como "iniciativas", "construiu" e "erguendo".

> Na região onde hoje se situa Osasco e em seus arredores existiam vários sítios e chácaras. Próximo às margens do Tietê, no século XIX, havia uma aldeia de pescadores e grandes fazendas. Uma delas foi vendida ao italiano Antonio Agu, um imigrante com quem começa a nossa história.
> Antonio Agu foi proprietário de vários negócios e terras na região. Em 1887 comprou uma gleba de terra no km 16 da Estrada de Ferro Sorocabana. Por volta de 1890, resolveu ampliar sua olaria e convidou para sócio o Barão Dimitri Sensaud De Lavaud. A pequena fábrica, que produzia tijolos e telhas, passou a fazer também tubos e cerâmicas, dando origem à primeira indústria da cidade, a Companhia Cerâmica Industrial de Vila Osasco.
> Após outras iniciativas, em 1895, Agu construiu a Estação Ferroviária, erguendo várias casas nos arredores para abrigar os operários que chegavam para atuar na obra.

> *Os dirigentes da Estrada de Ferro quiseram batizar a estação com o nome do principal empreendedor da região, mas Antonio Agu pediu que a homenagem não fosse dada a ele, e sim à sua cidade natal na Itália: Osasco.*
>
> *Daí por diante Osasco, como a região passou a ser conhecida, não parava de crescer; muitas pessoas conhecidas do comércio e diversas indústrias importantes se instalaram por aqui. Para operar as máquinas dessas indústrias foram contratados imigrantes. Essa mão de obra começou a formar a população do local e deu origem a seu povo. Osasco cresceu, tanto em população quanto comercialmente, tornando-se desenvolvida.*[114]

Também como exemplo podemos citar alguns livros didáticos produzidos para o uso das escolas do município de Osasco. Eles explicitam algumas das tendências encontradas em muitos outros livros de diferentes localidades brasileiras, para trabalhar com os estudantes a história de sua cidade.

No livro didático *Osasco e sua história*, por exemplo, o sumário anuncia os temas voltados para a história do pioneiro e a história dos "primeiros" moradores e estabelecimentos: a origem de Osasco (biografia do fundador Antonio Agu, o empreendedor, e seus herdeiros); evolução urbana (primeiros habitantes, primeiras ruas, primeiros bairros, o rio Tietê); histórico da religiosidade de Osasco (a primeira igreja, o cemitério); as primeiras escolas; recursos de saúde (o primeiro médico, o primeiro farmacêutico, os primeiros dentistas, a primeira parteira, o primeiro hospital, as inspeções sanitárias) etc.[115]

---

[114] MUSEU MUNICIPAL DE OSASCO *apud* PREFEITURA de Osasco [site institucional]. História. Disponível em: http://www.osasco.sp.gov.br/InternaCidade.aspx?ID=22. Acesso em: 11 dez. 2011.

[115] OLIVEIRA, Neyde Collinto de; NEGRELLI, Ana Lúcia M. Rocha. *Osasco e sua história*. São Paulo: CG, 1992.

Em *Osasco, uma viagem no tempo e no espaço*, a narrativa sustenta-se também na valorização dos "primeiros": o fundador Antonio Agu, a primeira farmácia de Antonio Vianco, o primeiro voo de avião da América do Sul, realizado por Dimitri Sensaud de Lavaud, os primeiros meios de transporte, as primeiras propriedades no início do século XX, a primeira fábrica de papelão da América Latina, o primeiro cinema, os primeiros agentes do correio, os primeiros imigrantes etc. Além disso, insiste-se em que a região ganhou vocação para ser industrial, concentrando indústrias, estrada de ferro e olarias. O autor relembra o fato de que Osasco chegou a receber, durante muito tempo, o epíteto "cidade trabalho"[116].

No livro de Estudos Sociais *Osasco: cidade trabalho*, os acontecimentos são apresentados como extensão da história nacional. Os quatro primeiros capítulos revelam essa graduação na inserção histórica e geográfica da cidade: primeiro o Brasil, depois o estado de São Paulo, na sequência a região da Grande São Paulo e, finalmente, Osasco. O capítulo sobre a história local tem início com a informação de que até 1958 a localidade fazia parte do município de São Paulo. Nos parágrafos seguintes, estabelecido o elo com uma história mais ampla, narra-se a chegada dos portugueses ao Brasil, a fundação de São Paulo pelos jesuítas e as façanhas dos bandeirantes – entre eles especialmente Antônio Raposo Tavares, que "possuía um sítio na região onde hoje fica o Quartel de Quitaúna". Como na tradicional história paulista, a narrativa faz um salto no tempo: do século XVI vai para o fim do XIX, destacando a imigração, a industrialização e a ferrovia, que em Osasco estão relacionadas à figura do italiano Antonio Agu.[117]

---

[116] COELHO, Maria Inez Zampolin (org.). *Osasco, uma viagem no tempo e no espaço*: história da cidade para o ensino fundamental. São Paulo: Brasil do Prata, 2002.

[117] SALES, Geraldo Francisco de; ORDOÑEZ, Marlene. *Osasco*: cidade trabalho: nosso município. São Paulo: IBEP, s/d.

Uma das importantes questões que devem ser dirigidas a esses enfoques didáticos do estudo das cidades refere-se à impossibilidade dos jovens e das crianças estabelecerem identidades com os grupos sociais dos quais fazem parte e com suas referências culturais, sociais e políticas. Em vez disso, esses materiais priorizam a identidade com elites locais, nacionais e europeias, agravando problemas atuais de não identidade das gerações mais jovens com a diversidade de grupos da localidade, com as tradições antigas de diferentes moradores ou com os valores de preservação dos patrimônios da cidade que não se enquadram nas histórias mitificadas dos pioneiros da região. Sob o ponto de vista pedagógico, a proposição da história da cidade local, ao colocar em evidência outros temas e outros sujeitos históricos, também nas suas relações com conjunturas nacionais e mundiais, permite que os estudantes contemplem a pluralidade cultural e social, rompendo com a perspectiva de uma história única.

Empreender com os estudantes trabalhos de estudo das cidades brasileiras, com o intento de escapar dessas armadilhas, demanda a clareza conceitual de que as cidades podem ser problematizadas e estudadas a partir de questões locais específicas. Assim, é necessário ter a lucidez de que as questões locais, quando entendidas em profundidade, também contemplam realidades mais amplas.

Uma proposta que faz o esforço de considerar um recorte específico para o estudo das cidades é o documento *Parâmetros curriculares nacionais de História*, em que um dos temas para o ensino no 2º ciclo do ensino fundamental I propõe esse tema entre os conteúdos sugeridos (a serem selecionados pelo professor).

Organizações políticas e administrações urbanas
- Identificação de diferentes tipos de organizações urbanas, destacando suas funções e origens:
  - cidades que nasceram com função administrativa, religiosa, comercial ou de paragem, de diferentes lugares do mundo e de épocas históricas diferentes, como Cuzco, Tenochtitlán, Machu Picchu, Atenas, Pequim, Amsterdã, Paris, Nova York, e/ou do Brasil, como Recife, Porto Alegre, Belo Horizonte, São Luís, Ouro Preto, Diamantina, Campinas, etc.;
  - estudos de organizações e distribuições dos espaços urbanos e rurais, sistemas de defesa, de abastecimento de alimento, de fornecimento de água e escoamento de esgoto, sistemas de comunicação, as relações comerciais, as atividades econômicas e administrativas, as vivências cotidianas da população em diferentes épocas, medições de tempo.
- Caracterização do espaço urbano local e suas relações com outras localidades urbanas e rurais:
  - crescimento urbano, atividades urbanas exercidas pela população e suas relações ou não com a vida rural, relações comerciais praticadas com outras localidades, atividades econômicas, processos de industrialização (internos e externos), organização administrativa, desenvolvimentos do atendimento de serviços nos seus diferentes espaços (esgoto, água, escolas, hospitais), ritmos diferenciados de tempo na organização das rotinas diárias.
- Estudo das transformações e das permanências que ocorreram nas três capitais brasileiras (Salvador, Rio de Janeiro e Brasília) e as diferenças e semelhanças entre elas e suas histórias:

> *- as origens das cidades, suas organizações e crescimento urbanístico, seu papel administrativo como capital, as relações entre as capitais brasileiras e Lisboa (num contexto de relações entre metrópole e colônia), as questões políticas nacionais quando eram capitais, sua população em diferentes épocas, as suas relações com outras localidades nacionais e internacionais, as mudanças em suas funções urbanas, seu crescimento ou estagnação, suas funções na atualidade, o que preservam como patrimônio histórico.*[118]

Agora citaremos um exemplo de material didático que procurou organizar temas para estudos escolares a partir de questões vividas pela cidade no presente e de suas relações com a história do lugar e dos habitantes em outros tempos. Trata-se do livro *Paisagens da memória*[119]. As autoras optaram nesta obra por remeter para o último capítulo do livro os personagens oficiais da história dessa cidade localizada no litoral sul do estado de São Paulo, para contentar parte das expectativas históricas oficiais. Liberaram, assim, os capítulos iniciais para uma história do presente que questiona o passado e de um passado que faz perguntas ao presente. Os títulos dos capítulos são: "As pessoas e o lugar", "Os moradores de Praia Grande", "Caminhos e memórias", "Caminhos da cidade", "A cidade e sua gente" e "Símbolos e personagens oficiais da cidade".

Como exemplo desse esforço didático, leia o seguinte trecho do livro:

---

[118] BRASIL. Secretaria de Educação Fundamental. *Parâmetros curriculares nacionais*: História, Geografia. Brasília: MEC; SEF, 1997, p. 50. Disponível em: http://portal.mec.gov.br/seb/arquivos/pdf/livro051.pdf. Acesso em: 10 fev. 2012.
[119] SIQUEIRA, Fátima Valéria; CÁLIS, Magna Flora; SILVA, Monica Solange Rodrigues. *Paisagens da memória*: história de Praia Grande. Praia Grande: Prefeitura da Estancia Balneária de Praia Grande, 2002.

No Brasil já foram feitos muitos recenseamentos. Alguns deles foram realizados séculos atrás e são fontes importantes de informação sobre as pessoas que viviam aqui na Praia Grande.

Gaspar, Joaquim, Narciso, Lorenço, Felipa, Escolástica, Cristovão, Cleto, Onofre, Lourença, Faustina, Anna, Josefa, entre outros, são nomes de pessoas que viveram em sítios na região de Praia Grande no ano de 1765. Sabemos disso porque, nesse ano, foi realizado o primeiro recenseamento da capitania, mandado fazer pelo governador D. Luis Antonio de Souza Botelho e Mourão.

Segundo o recenseamento, entre as "Prayas de Taypus e Mongagua", como era conhecido este nosso trecho de orla no recenseamento de 1765, existiam muitos sítios na região e agricultores que utilizavam o trabalho de negros forros e escravos para produzir e abastecer as vilas de São Vicente e de Santos de produtos agrícolas e artesanais.

Pelos recenseamentos dos primeiros anos de 1800 e outros documentos da época, os moradores daqui criavam algumas cabeças de gado e plantavam arroz, mandioca, cana-de-açúcar, milho, feijão, batata doce, abacaxi, pimenta, tomate, laranja e café. Cortavam árvores para produzir madeira e faziam chapéus de palha, aguardente e farinha, que vendiam parte nas vilas de São Vicente e de Santos para comprar outros produtos que necessitavam.

Quem fazia o trabalho da roça e os serviços da casa eram os escravos negros, de origem africana. Eram tantos na época, que constituíam mais da metade da população da região.

Hoje em dia nada sobrou dos sítios da região e dos pequenos engenhos. Permanecem apenas os nomes de alguns deles nos nomes de bairros atuais. Você pode imaginar então que a vida na região era *muito diferente. Se hoje existem casas, prédios e lojas, antigamente aqui era uma zona rural*[120].

O documento *Orientações curriculares*, da Secretaria de Educação da Prefeitura de São Paulo[121], também propõe que os estudos históricos no ensino fundamental II sejam desenvolvidos a partir de problemáticas que decorrem da vida na cidade de São Paulo, com o objetivo de ampliar, gradativamente, a compreensão dos estudantes em relação à realidade deles – especialmente aprendendo a confrontá-la e a relacioná-la com outras realidades históricas. Na defesa dessa ideia, o documento sugere que a história brasileira seja prioritária por sua especificidade, assim como o estudo da história local seja considerado fundamental, por permitir ao aluno entender, a partir dos seus espaços de convivência e nas suas relações sociais e concretudes cotidianas, as macro-organizações econômicas e políticas nacionais e mundiais. Propõe, então, que em vez de iniciar por estudos do passado e de lugares considerados "berços da civilização" (na linha da história eurocêntrica), seguindo linear e cronologicamente em direção ao presente e aos outros espaços por onde se consolida a sociedade europeia ocidental, "os estudos históricos passem a problematizar questões da cidade de São Paulo, estabelecendo relações com outros acontecimentos, lugares e contextos, para evidenciar as temporalidades e historicidades expressas no seu cotidiano". E alerta os docentes para o fato de que iniciar e finalizar os estudos históricos a partir da vida em São Paulo não significa que a história a ser estudada se limite à vida urbana paulista e à atualidade. Salienta que nem a história local nem uma micro-história possuem uma

---

[120] *Ibidem*, p. 45.
[121] SÃO PAULO (SP). Secretaria Municipal de Educação. Diretoria de Orientação Técnica. *Orientações curriculares*: proposição de expectativa de aprendizagem ensino fundamental II. São Paulo: SME; DOT, 2007.

autoexplicação, mas estão relacionadas a contextos estruturais e conjunturais, que abrangem outras temporalidades.

Aqui, portanto, citamos alguns exemplos. Mas é importante avaliar se materiais didáticos e propostas curriculares de diferentes regiões do Brasil contemplam aberturas para problematizar as vivências urbanas em nossas cidades, já que viver em cidade (e em megalópole) é um problema que atinge de maneira concreta e cotidiana as nossas vivências contemporâneas. Quais são as experiências, as propostas e a abertura nos currículos escolares da sua região para o estudo da história das cidades brasileiras?

Capítulo 5

Proposta de organização para estudar a história das cidades brasileiras na escola

Existem muitas possibilidades para estudar as cidades brasileiras na escola. Aqui, vamos apresentar sugestões que consideram algumas conquistas historiográficas importantes. Uma delas diz respeito à relação presente-passado; outra considera a diversidade de sujeitos históricos e suas diferentes realidades, interesses e representações; outra ainda avalia a heterogeneidade de acontecimentos e suas relações de complementaridade e contradições. Simultaneamente, diferentes fontes documentais podem contribuir com representações variadas no esforço de apreensão das vivências no passado.

Relações entre o presente e o passado

Inicialmente, é preciso reconhecer que os temas históricos escolhidos para estudos escolares estabelecem relações com acontecimentos vividos por muitas pessoas no tempo presente. Como já vimos, propor o estudo das cidades brasileiras na escola está relacionado com o fato de elas serem uma realidade cada vez mais incisiva na vida da população nacional. Assim, os temas decorrentes da história das cidades podem ser desdobrados e, a partir de uma perspectiva política e de uma escolha metodológica, selecionados em função de questões vividas efetivamente pelos alunos. Ou seja, os problemas do presente demandam questões ao passado.

Vamos citar um exemplo. Com o objetivo de estudar a história das cidades brasileiras, faz-se a escolha, por exemplo, de partir de um aspecto da história nacional que também possa ser questionado em perspectiva local. Nesse caminho, também é possível, por exemplo, escolher estudar a primeira capital brasileira: a cidade de Salvador, capital administrativa portuguesa desde o ano de sua fundação, em 1549, até 1763, quando a sede política do país foi transferida para a cidade do Rio de Janeiro.

Após escolher estudar a cidade de Salvador, como encaminhamento metodológico é recomendável: a) inicialmente identificar quais as grandes questões que afetam essa cidade atualmente; b) entre as questões identificadas, escolher aquela que possibilite estudos históricos específicos da cidade e, ao mesmo tempo, seja uma questão relevante ao estudo de outras realidades urbanas, como no caso da história da região onde vivem os estudantes.

A partir dessa orientação, podem-se pesquisar notícias de jornal sobre o centro histórico de Salvador – cujas antigas casas históricas estão ameaçadas de desabamento por causa da falta de cuidados. Diz uma das notícias:

> *A Justiça Federal na Bahia mandou que o IPHAN (Instituto do Patrimônio Histórico Nacional) e o governo do Estado reformassem casarões históricos que estão prestes a cair em Salvador. Mesmo os prédios que não pertencem ao Estado, mas são tombados, devem ser restaurados com recursos da União. A procuradora responsável pelo caso, Caroline Rocha Queiroz, diz que "o dano ao patrimônio cultural já está configurado". A decisão é de junho, mas ainda não há sinal de obras emergenciais no centro histórico da ca-*

pital baiana, onde ao menos 111 casarões correm o risco de desabar[122].

Uma pesquisa sobre a história de Salvador revela também que hoje a cidade se mantém economicamente de serviços, principalmente do turismo (praias, carnaval, culinária, religiosidade e centro histórico), e que possui uma grande desigualdade social. Há atualmente aspectos arquitetônicos que, em parte, sobreviveram ao tempo e são considerados documentos para o estudo de aspectos das cidades coloniais brasileiras: todos tombados como patrimônio histórico pelo IPHAN (Instituto do Patrimônio Histórico Nacional) e pela Unesco (Organização das Nações Unidas para Educação, Ciência e Cultura) como Patrimônio Cultural da Humanidade.

O centro histórico antigo, que ficou parcialmente preservado, conhecido como a região do Pelourinho, é um espaço da cidade que passou por diferentes usos e foi habitado por distintos grupos sociais que a ele atribuíram valores diferenciados: foi centro administrativo, militar, religioso e residencial da elite local e portuguesa até o século XVIII, quando a capital do Brasil foi transferida para o Rio de Janeiro; foi moradia de profissionais liberais e de pessoas ligadas ao pequeno comércio ao longo do século XIX; virou cortiço para trabalhadores rurais que migraram para a cidade no século XX; foi região de prostituição a partir dos anos 1950; e, atualmente, é uma região de comércio e turismo.

Observe as imagens do Pelourinho em duas épocas (figuras 30 e 31).

---

[122] JUSTIÇA manda governo restaurar casarões. *Folha de S. Paulo*, São Paulo, 9 ago. 2011, caderno Cotidiano, p. C7.

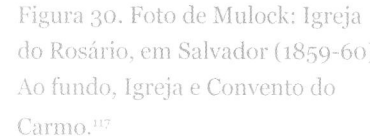

Figura 30. Foto de Mulock: Igreja do Rosário, em Salvador (1859-60). Ao fundo, Igreja e Convento do Carmo.[117]

Figura 31. Foto atual da mesma área do Pelourinho.[124]

Depois de seu tombamento como patrimônio histórico e durante o processo de desapropriação das moradias para o turismo, os antigos moradores passaram por inúmeros conflitos, com violência e conquistas políticas.

> [...] o patrimônio histórico se constitui um espaço de luta material e simbólica entre grupos sociais. Um exemplo evidente, no Brasil, é o caso do Pelourinho, em Salvador. [...]
> Foi em 1993 que se concluiu a primeira etapa de intervenção no Pelourinho [...]. Começou então uma história de mais de dez anos de intervenção [...] no

---

[123] Praticamente todos estes prédios da parte baixa do Largo do Pelourinho existem até hoje e estão sob a proteção do Iphan e do órgão estadual de preservação. Fonte: FERREZ, Gilberto. *A fotografia no Brasil*: 1840-1900. Rio de Janeiro: MEC; SEC; Funarte; Pró-Memória, 1985, p. 125.

[124] WIKIPÉDIA. Centro Histórico de Salvador [foto]. *Wikipédia*: a enciclopédia livre. Disponível em: http://pt.wikipedia.org/wiki/Ficheiro:Salvador-CCBY10.jpg. Acesso em: 7 fev. 2012.

Centro Histórico de Salvador, justificada pela necessidade de se atender às demandas necessárias à atração do maior número possível de turistas para a cidade. Essa política do governo baiano é, até hoje, constantemente citada como o exemplo [...] que provocou elitização, exclusão da população mais pobre e a reprodução de desigualdades sociais.

[...] [o programa iniciado] em 2000 [...] promoveu a retirada de famílias de baixa renda, oferecendo condições para que elas se mudassem para um conjunto habitacional, na periferia da cidade, ou mesmo recebessem um auxílio financeiro para realocação (entre mil e 3 mil reais). Era a costumeira prática de remoção dos moradores locais em ação.

As condições precárias de moradia nos casarões, muito degradados, fizeram a maioria dos moradores aceitar as propostas apresentadas. Das 1.674 famílias, apenas 103 optaram por permanecer na área. Mas estas iniciaram, então, um movimento contra a política de desocupação, que resultou na criação da Associação dos Moradores e Amigos do Centro Histórico (AMACH) e na instauração de uma Ação Civil Pública contra o Governo do Estado da Bahia, e a Companhia de Desenvolvimento Urbano da Bahia (Conder), junto ao Ministério Público.

[...] Apenas após a atual reformulação do programa, que passou a incluir as famílias, através da AMACH, [...] este teve continuidade. O resultado de todo esse processo [...] foi a negociação de um acordo e a assinatura, por parte do governo estadual, [...] de um Termo de Ajustamento de Conduta.

Com a sétima etapa de revitalização do Centro Histórico de Salvador, em 2003, o panorama se alterou. [...] Do turismo, o foco está sendo deslocado para a questão da habitação dos 89 casarões localizados numa área de cerca de 10 quarteirões, próximos à Praça da Sé e ao Elevador Lacerda.

Faz parte do acordo a permanência das 103 famílias que restaram no local e seu remanejamento dentro do próprio Centro Histórico, que deve ocorrer apenas durante o período de restauro dos imóveis. Além disso, junto aos imóveis devem ser instalados os equipamentos solicitados pelos moradores, como uma lavanderia coletiva, áreas de lazer para as crianças e outros espaços voltados à sociabilidade. A restauração não será, portanto, "cenográfica", ou seja, restrita às fachadas dos casarões. [...] Agora, os imóveis serão recuperados para se adequar ao uso habitacional [...].

A atenção também está voltada para alguns pontos de comércio, uma característica importante da área e fonte de renda para muitas famílias. A maioria dos moradores trabalha no próprio Centro Histórico como pequenos comerciantes ou ambulantes. Todos terão a oportunidade de trabalhar na restauração dos casarões por meio de um programa de geração de renda e de capacitação de mão de obra.

[...]

Resta acompanhar o andamento do projeto [...] e observar se, de fato, a implantação desse programa, no Pelourinho, resultará numa efetiva melhoria da qualidade de vida dos seus moradores.[125]

A partir do problema da preservação dos casarões do centro histórico de Salvador podemos pensar em algumas questões para propor aos alunos, úteis também para interrogar sobre a história de outras cidades brasileiras:

- Qual a principal fonte econômica da cidade atualmente?

---

[125] CANTARINO, Carolina. Monumenta muda pelos moradores dos centros. *Patrimônio*: Revista eletrônica do IPHAN, Dossiê grandes cidades, nº 2, set.-out. 2005. Disponível em: http://www.labjor.unicamp.br/patrimonio/materia.php?id=103. Acesso em: 7 fev. 2012.

- A cidade já teve outras atividades econômicas predominantes? Quais? Quando?
- Atualmente há elementos na cidade para rememorar aspectos econômicos ou sociais de épocas passadas? Quais? Datam de qual período? A arquitetura preservada de outra época já foi utilizada na atualidade para outras funções? Quais? Quando?
- Como essas construções de outras épocas foram preservadas?
- Quais as relações desse espaço preservado com a história da cidade?
- Quais os grupos sociais que habitaram esse espaço no passado e quais os ocupam atualmente?
- Quais as ações de preservação para esse espaço?
- Por que é importante preservar esse espaço e a arquitetura colonial como um todo?
- Qual a política que orienta essa preservação?
- Como a questão social é pensada em relação à preservação dos patrimônios históricos?
- Atualmente, quais os significados atribuídos a esses espaços pelos diferentes grupos sociais?
- Como a história desse espaço urbano, suas funções e políticas de preservação podem contribuir para o estudo das cidades brasileiras?

Em uma perspectiva histórica, o antigo centro de Salvador pode contribuir para a compreensão dos modelos de cidades implantados pelos portugueses no Brasil. Por exemplo: o que era um pelourinho? Eles existiam também em outras cidades? Será que a organização das ruas, os materiais de construção, a arquitetura das casas e sua disposição no centro da cidade ajudam a entender como eram alguns elementos das cidades no Brasil de antigamente?

Segundo o historiador Raymundo Faoro,

O pelourinho simbolizava o núcleo legal: instrumento e símbolo da autoridade, coluna de pedra ou de madeira que servia para atar os desobedientes e criminosos, para o açoite ou o enforcamento. Com o pelourinho se instalava a alfândega e a igreja, que indicavam a superioridade do rei, cobrador de impostos, ao lado do padre, vigiando as consciências. [...]

[...] No claro aberto na floresta, o pelourinho demonstra que o rei existe e está presente. O município, em regra, se constituía por ato da autoridade régia, [...] das decisões dos governadores e capitães-mores. Excepcionalmente, como no caso de Campos e Parati, na capitania do Rio de Janeiro, os próprios moradores erguiam o pelourinho e aguardavam a confirmação régia[126].

Figura 32. O pelourinho de Alcântara, no estado do Maranhão, é um dos poucos que resistiram ao tempo no Brasil.

[126] FAORO, Raymundo. *Os donos do poder*. São Paulo: Publifolha; Globo, 2000, p. 168.

Figura 33. Pelourinho de Palmela, em Portugal.¹²⁷

A presença do pelourinho nas cidades coloniais brasileiras significava materialmente um símbolo do poder português e da imposição da justiça lusa. Nesse caso, como explica Henri Lefebvre, a cidade se apodera, materializa e expõe simbolicamente os elementos políticos, religiosos, sociais e econômicos da sociedade à qual ela pertence.¹²⁸ Assim, do mesmo

---

¹²⁷ WIKIPÉDIA. MUNICÍPIO de Palmela [site institucional]. Áreas de intervenção; Património cultural; Património histórico e edificado; Arquitectura civil; Pelourinho. Disponível em: http://www.cm-palmela.pt/pt/conteudos/areas+de+intervencao/patrimonio+cultural/patrimonio+historico+e+edificado/arquitectura+civil/pelourinho/. Acesso em: 15 fev. 2012.
¹²⁸ LEFEBVRE, Henri. *O direito à cidade*. São Paulo: Moraes, 1991, p. 62.

modo que a cidade contemporânea materializa, expõe e anuncia o poder econômico do setor financeiro nos grandes prédios espelhados, também a cidade colonial materializava, nos seus prédios e traçado urbano, o poder da dominação portuguesa no Brasil.

Mas, segundo Nestor Goulart Reis, até meados do século XVII a simplicidade e o caráter utilitário das construções coloniais indicavam que

> *os principais agentes do processo de colonização não chegavam a ter necessidade de empregar a arquitetura como recurso de expressão do poder pois este era indiscutível. Os documentos estão a indicar para as construções urbanas dessa época, sejam oficiais ou sejam particulares, uma simplicidade e uma austeridade que em tudo correspondem a essas condições de vida social*[129].

Para entender melhor as materialidades da antiga cidade de Salvador, que contam sobre a organização da sociedade da época, é possível recorrer aos cronistas. Gabriel Soares de Sousa, por exemplo, escreveu sobre Salvador no século XVI em seu *Tratado descritivo do Brasil em 1587*:

> *A cidade do Salvador está situada na Bahia de Todos os Santos, uma légua da barra para dentro, num alto. A cidade foi murada e torreada em tempo do governador Tomé de Sousa, que a edificou, cujos muros vieram ao chão por serem de taipa e não se repararem nunca [...]. Terá essa cidade oitocentos vizinhos [...], e por fora dela, em todos os recôncavos da Bahia, haverá mais de dois mil vizinhos, [...] afora as gentes dos navios que estão sempre no porto. Está no meio dessa cidade uma*

---

[129] REIS FILHO, Nestor Goulart. *Evolução urbana do Brasil*. São Paulo: Pioneira; Edusp, 1968, p. 186.

honesta praça, em que se correm touros, quando convém. Na banda do sul umas nobres casas, em que se agasalham os governadores. Na banda do norte tem a casa do negócio da Fazenda, alfândega e armazéns. Na parte de leste tem a casa da Câmara, cadeia e outras casas de moradores, com que fica esta praça em quadro e o pelourinho no meio dela. No lado do oeste, com grande vista para o mar estão assentadas algumas peças de artilharia grossa.

[...] dos cantos da praça descem dois caminhos em voltas para a praia, um da banda norte, que é de serventia da fonte e do desembarcadouro da gente dos navios; o caminho que está na parte sul é serventia para Nossa Senhora da Conceição, aonde está o desembarcadouro geral de mercadorias.

Voltando à praça na direção norte, vai uma formosa rua de mercadores até a Sé, ali, no lado do mar está situada a casa de Misericórdia e hospital. [...] se este não tem grandes oficinas e enfermarias, é por ser muito pobre e não ter nenhuma renda de Sua Majestade, nem de pessoas particulares, sustentando-se de esmolas que lhe fazem os moradores da terra [...][130].

Na escola, como explorar um documento como esse com os alunos? Como colher informações para conhecer melhor a história da cidade de Salvador e a cidade colonial brasileira?

Organizar uma ficha com as informações sobre o relato do cronista pode ajudar. Observe o quadro 2:

---

[130] SOUSA, Gabriel Soares de. *Tratado descritivo do Brasil em 1587*. 4ª edição. São Paulo: Companhia Editora Nacional; Edusp, 1971, p. 133-134 (texto adaptado).

Título	*Tratado descritivo do Brasil em 1587*
Data	1587
Autor	Gabriel Soares de Sousa
Contexto histórico	O autor descreve a cidade de Salvador no século XVI.
Informações necessárias para entender melhor o texto	Bahia de Todos os Santos: a entrada de mar no continente forma uma baía. Nesse caso, essa baía no litoral brasileiro é chamada de Baía de Todos os Santos. Recebeu esse nome em 1501 da expedição portuguesa que tinha a bordo Américo Vespúcio, encarregado de nomear os acidentes geográficos do continente. Como a expedição chegou ao local no dia 1º de novembro, considerado o Dia de Todos os Santos pela Igreja Católica, a baía passou a ser chamada assim. Uma légua da barra para dentro: padrão de medida para indicar que a cidade estava localizada a uma certa distância do litoral. Para defender-se dos perigos do mar, das invasões e ataques de piratas, evitava-se construir vilas e cidades muito próximas ao mar. Murada e torreada: cercada de muros com torres para a guarda. De taipa: tipo de material de construção usado na época; armação de varas de madeira preenchidas com barro amassado. Casa do negócio da Fazenda: local onde a administração portuguesa controlava a cobrança dos impostos sobre as mercadorias. Recôncavos da Bahia: regiões no entorno da Baía de Todos os Santos. Artilharia grossa: canhões. De serventia da fonte: que servia de caminho para chegar até a fonte de água.

Informações necessárias para entender melhor o texto (continuação)	Do desembarcadouro: local de desembarque dos navios. É serventia para Nossa Senhora da Conceição: que servia de caminho para chegar até a Igreja de Nossa Senhora da Conceição. A Sé: a igreja mais importante da cidade. Sua Majestade: o rei de Portugal. Casa da Câmara: local onde funcionava a sede administrativa do governo local; onde ficava o poder da municipalidade.
Informações relacionadas à história da cidade	- A casa do negócio da fazenda, alfândega e armazéns ficavam na região norte. - A casa da Câmara, a cadeia, outras casas de moradores e uma praça quadrada com o pelourinho no meio ficavam na região leste. - Alguns canhões ficavam a oeste. - A cidade ficava em local elevado, e existiam dois caminhos para a praia. - O caminho do norte passava pela fonte e e levava até o desembarcadouro da gente dos navios. - O caminho do sul era feito pela Igreja de Nossa Senhora da Conceição e levava até o local onde as mercadorias dos navios eram descarregadas. - Saindo da praça, na direção norte, havia uma rua de mercadores que ia até a Igreja da Sé, onde, ao lado, estava situada a casa de Misericórdia e o hospital.

Quadro 2. Análise de trecho do *Tratado descritivo do Brasil em 1587*.

Noutro trecho do *Tratado descritivo*, Gabriel Soares escreveu:

A Sé da cidade do Salvador está situada com o rosto sobre o mar da Bahia, defronte do ancoradouro das naus, com um tabuleiro defronte da porta principal, bem a pique sobre o desembarcadouro, donde tem grande vista[131].

Atualmente essa igreja não existe mais. Ela foi demolida em 1933, em reformas implantadas na cidade para alargar as ruas e favorecer a passagem de carros e bondes. Naquela época, ainda não existia a ideia de preservação de patrimônios históricos. Além disso, a ideia de modernidade, que desencadeou as grandes reformas urbanas das primeiras décadas do século XX, fez muitas antigas igrejas de cidades brasileiras serem destruídas em função do valor dado a outro tipo de ocupação dos espaços. No centro antigo da cidade de São Paulo, por exemplo, com as reformas da modernidade, desapareceram da paisagem igrejas como a de Nossa Senhora do Rosário dos Homens Pretos[132], a da Misericórdia, a de São Pedro e a antiga Igreja da Sé[133].

Prosseguindo no entendimento da cidade colonial, a descrição de Salvador pelo cronista Gabriel Soares pode ser comparada às plantas antigas. Por exemplo, pode ser pedido ao aluno para ler as legendas e localizar: onde ficava a Igreja da Sé? A Câmara e a cadeia? Os muros? As bicas de água?... As plantações?

---

[131] *Ibidem*, p. 135.
[132] A Igreja Nossa Senhora do Rosário dos Homens Pretos original foi construída em 1711 no antigo Largo do Rosário (atual Praça Antônio Prado), no centro de São Paulo. Foi demolida durante a reforma urbana de 1903 promovida pelo prefeito Antônio Prado. Em 1906, uma nova Igreja Nossa Senhora do Rosário seria construída no Largo do Paiçandu.
[133] Foi construída uma catedral para substituí-la.

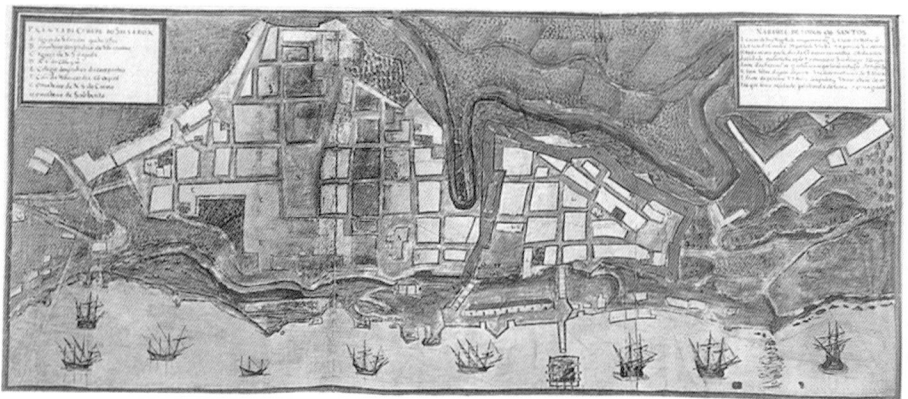

Figura 34. Mapa de João Teixeira Albernaz: planta da cidade de Salvador, 1626.[134]

No século XVI a cidade de Salvador era um centro da administração portuguesa, e esse poder era simbolizado pelas construções: casa do governador, casa da Câmara, cadeia, pelourinho, muralhas, canhões... O poder era dividido com a Igreja Católica, também muito presente, como se constata pela existência de inúmeras igrejas na pequena cidade.

Salvador também era um porto onde entravam e saíam mercadorias, principalmente de exportação das riquezas do Brasil para Portugal, e entrada de produtos europeus para o consumo daqueles que se deslocaram de lá para cá para morar. A população dependia do comércio também realizado com os fazendeiros, que produziam alimentos em sítios nos arredores da cidade.

> *A terra que esta cidade tem, uma e duas léguas à roda, está quase toda ocupada com roças, [...] onde se lavram muitos mantimentos, frutas e hortaliças,*

---

[134] Cópia manuscrita, incluída no códice do *Livro que dá rezão do Estado do Brasil* (de Diogo de Campos Moreno, escrito em 1612), pertencente ao Instituto Histórico e Geográfico Brasileiro, Rio de Janeiro, (c. 1626). *Apud* REIS, Nestor Goulart. *Imagens de vilas e cidades do Brasil Colonial*. São Paulo: Edusp; Imprensa Oficial, 2001, p. 18.

de onde se remedeia toda gente da cidade que não o tem de sua lavra, a cuja praça se vai vender, do que está sempre mui provida.

[...] o pão, se faz da farinha que trazem do reino para vender na Bahia. Também trazem muitos vinhos da ilha da Madeira, e das ilhas Canárias, esses vinhos são mais suaves e de melhor cheiro e cor; os quais se vendem em lojas abertas. Mantimentos da Espanha e todas as drogas, sedas e panos de toda a sorte, também são vendidos ali.[135]

Nesse encaminhamento, de busca e análise de documentos, outros aspectos da vida na cidade colonial podem ser pesquisados, identificados, analisados e comparados com outras cidades. Assim, o estudo específico de Salvador, a partir do seu centro antigo, pode orientar a pesquisa de outras cidades na medida em que uma realidade suscita comparações. Por exemplo, atualmente qual a principal atividade econômica na cidade onde moram os alunos? Há construções e espaços preservados de outras épocas, tombados como patrimônio histórico? Quais as relações entre essa preservação e os diferentes grupos sociais e o que isso pode contar sobre a história da cidade?

Cidades com centros históricos preservados, que atualmente vivem em função do turismo local, como Ouro Preto (MG), Mariana (MG), Paraty (RJ) ou Olinda (PE), possuem histórias semelhantes de permanência e preservação dos seus antigos espaços coloniais. Isso ocorre porque essas cidades tiveram suas atividades econômicas estagnadas em determinado momento histórico e não ocorreu outro crescimento econômico que promovesse um diferente tipo de uso e ocupação do espaço. As cidades envolvidas com a economia mineradora do século XVIII são exem-

---

[135] SOUSA, *op. cit.*, p. 134 (texto adaptado).

plos disso. Com o fim da riqueza que as sustentavam, aos poucos foram sendo abandonadas, e a população local, sem recursos, apenas aos poucos reformou ou modificou as ruas e os casarios.

Também partindo-se do exemplo de Salvador é possível interrogar os alunos sobre a história de outras cidades mais recentes, considerando semelhanças ou diferenças. Além disso, a partir dos mesmos procedimentos é possível inquirir a história de cidades antigas que não preservaram seus antigos espaços coloniais. No caso da preservação dos espaços em São Paulo, por exemplo, essas perguntas ainda continuam importantes, apesar das respostas esbarrarem no processo de desaparecimento da paisagem colonial. O antigo centro, referência principal da cidade durante quatro séculos, foi derrubado e reconstruído várias vezes em função da economia cafeeira, da indústria e dos setores financeiros mais recentes. Apesar de datar do século XVI, é uma tarefa difícil encontrar em São Paulo elementos de construções coloniais.

> *Buscar a evolução urbana, via descrição física da cidade, torna-se uma viagem frustrante, quando ao lado de textos, saímos à procura dos elementos materiais em conjunto que permitam a percepção do passado. Para nós, no final do século XX, restaram apenas os textos, discursos, falas, construções ideológicas e interpretações.*
>
> *Diversamente de tantas outras cidades que conseguiram em seus longos percursos de vida manter áreas de preservação, mesmo limitadas, São Paulo destruiu o referencial material e alterou o plano físico tão brutalmente, que falar de "palimpsesto", como fez Benedito Lima e Toledo, resulta inócuo, pois o preexistente transformou-se em inexistente.*

"Palimpsesto" significa a possibilidade, mesmo com o uso de recursos e técnicas sofisticadas, de recuperar o texto anterior ou interiores do pergaminho.

Na cidade de São Paulo não podemos falar em "palimpsesto", pois não há recuperação possível, e, esta percepção é clara, definitiva e desoladora.[136]

Apesar das transformações constantes, podemos recuperar parcialmente a paisagem da São Paulo do século XIX por meio de documentos escritos, iconográficos e cartográficos, como relatos de viajantes e de memorialistas, antigas plantas da cidade e fotografias produzidas a partir da década de 1860.

Observe a figura 35, uma foto que mostra as construções e o traçado urbano da cidade de São Paulo que não existem mais.[137]

Figura 35. Foto de Militão de Azevedo: antiga Igreja da Sé, São Paulo, 1862.

---

[136] GLEZER, Raquel. Visões de São Paulo. In: BRESCIANI, Stella (org.). *Imagens da cidade*: séculos XIX e XX. São Paulo: Marco Zero; Anpuh; Fapesp, 1994, p. 165.
[137] INSTITUTO MOREIRA SALLES. *São Paulo, 450 anos*. São Paulo: IMS, 2004, p. 62. (*Cadernos de Fotografia Brasileira*, v. 2.)

A cidade e a diversidade social

Outro aprendizado a partir da produção historiográfica das cidades é considerar a diversidade de temas, acontecimentos, sujeitos, tempos e espaços que podem ser escolhidos para discussão em classe. Todavia, na perspectiva da formação escolar é sempre importante considerar que aquilo que os alunos aprendem interfere nos laços sociais e afetivos de identidade que constroem com os lugares, os indivíduos, os grupos sociais, os acontecimentos, as ideias etc.

Como já vimos, dependendo do encaminhamento escolhido, estudar as cidades implica em apresentar diferentes sujeitos históricos como principais atores das ações sociais e políticas, sendo os outros preteridos ou esquecidos. Assim, algumas histórias legitimam determinadas memórias, reforçam estereótipos e modelam a identificação dos estudantes com certos grupos ou classes dominantes. É necessário, então, ponderar a importância da diversidade social, há que se precaver das generalizações. Deve-se principalmente avaliar que as cidades são espaços de encontros e de trocas, de relações entre diferentes indivíduos, grupos e classes que compõem um coletivo urbano heterogêneo.

Como vimos, a diversidade social se expressa na ocupação dos espaços, nos estilos arquitetônicos, nos usos e estéticas dos lugares, nas materialidades que constituem os cotidianos, nas atividades e nas relações com os ambientes. Formas, funções, valores e estrutura global da sociedade se sobrepõem, e nelas há ambiguidades e polissemia. Há prédios representando o poder político, outros o controle social, outros os valores religiosos e sua institucionalização. Há monumentos e estilos arquitetônicos impondo o poder econômico; e há o abandono, a ausência de serviços, a sujeira e a pobreza anunciando a desigualdade da estrutura social. Há os ritmos de trabalho, o controle do tempo, os fluxos, as ocupações, a vida cotidiana. Há os confrontos, os contrastes, a convivência de diferentes tempos e as segregações.

Nessa perspectiva, é preciso lembrar aos alunos toda essa heterogeneidade, formada por diferentes grupos sociais que atuam como sujeitos históricos construtores da realidade, como é o caso dos trabalhadores em geral e também das mulheres, que nos estudos mais oficiais quase não são citadas.

Observe nas fotos a seguir os trabalhadores de cidades brasileiras em diferentes épocas. Repare nas pessoas, suas atividades e como elas se relacionam com os espaços urbanos.

Figura 36. Foto de Militão de Azevedo: rio Tamanduateí, São Paulo, 1862. Detalhe ampliado: mulheres lavando roupa no rio.[138]

---

[138] TOLEDO, Benedito Lima de. *São Paulo, três cidades em um século*. São Paulo: Cosac Naify, 2007, p. 38.

Figura 37. Foto de Augusto Stahl e Germano Wahnschaffe: Rua da Floresta, em frente ao cemitério de São Francisco de Paula, no Catumbi, Rio de Janeiro, c. 1865. Detalhes: mulher pegando água na bica (à esquerda) e condutor de charrete (à direita).[139]

Figura 38. Foto de Vincenzo Pastore: meninos engraxates jogam bola de gude, São Paulo, c. 1910.[140]

[139] FERREZ, Gilberto. *A fotografia no Brasil*: 1840-1900. Rio de Janeiro: MEC; SEC; Funarte; Pró-Memória, 1985, p. 51.
[140] INSTITUTO MOREIRA SALLES, *op. cit.*, p. 106.

Figura 39. Foto de Vincenzo Pastore: vendedoras de verduras, São Paulo, c. 1910.[141]

Figura 40. Foto dos irmãos Ferrari: aguadeiro, Porto Alegre, sem data.[142] À direita, detalhe ampliado.

Cada vez mais foram desaparecendo as lavadeiras, os aguadeiros, marceneiros, barbeiros e carregadores para dar lugar aos homens e mulheres de escritório, taxistas, condutores de ônibus, vendedores, operá-

---

[141] *Ibidem*, p. 106.
[142] Fonte: BASTOS, Ronaldo Marcos. Os agueiros ou os aguadeiros. *Porto Alegre*: uma história fotográfica [blogue]. Publicado em 17 nov. 2011. Disponível em: http://ronaldofotografia.blogspot.com/2011/11/os-agueiros-ou-aguadeiros.html. Acesso em: 9 fev. 2012.

rios, varredores de rua, estudantes indo e vindo das escolas. Todos esses personagens são sujeitos históricos que vivem e sentem a cidade, fazem parte de seu cotidiano, constroem possibilidades e interferem na paisagem urbana.

Também é possível identificar as pessoas comuns em documentos como os *Maços de população*. No site do Arquivo do Estado de São Paulo[143], por exemplo, estão digitalizadas listas nominativas de várias cidades paulistas, referentes principalmente ao século XIX. Como são listas nominais, é possível identificar os nomes das pessoas, a ocupação, a idade, o estado civil, a cor, a presença ou não de escravos, a organização das famílias e, em algumas delas, os locais da cidade onde viviam.

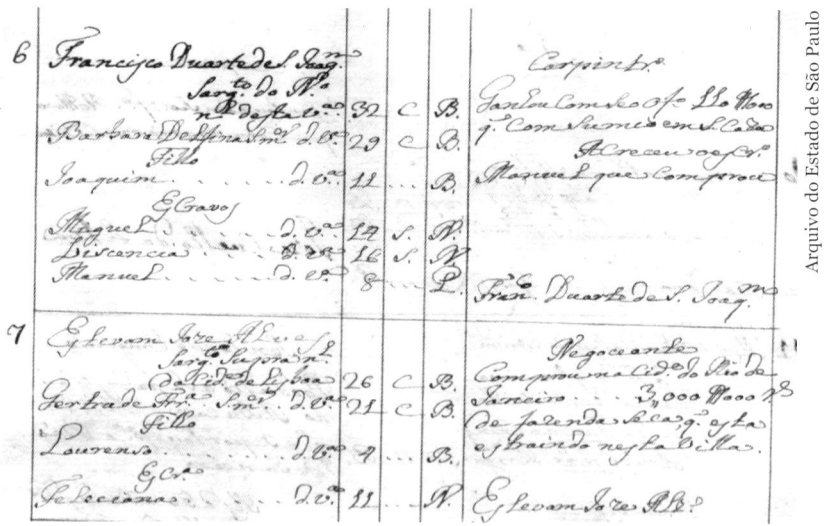

Figura 41. *Mapa geral das pessoas que estima na Companhia de Ordenança da Vila e Paróquia de Taubaté...*, 1807, trecho da p. 5.[144]

---

[143] GOVERNO DO ESTADO DE SÃO PAULO. *Arquivo público do Estado de São Paulo.* Disponível em: http://www.arquivoestado.sp.gov.br. Acesso em: 9 fev. 2012.

[144] *Ibidem*. Recenseando a população, consulta por localidade: Taubaté. Disponível em: http://www.arquivoestado.sp.gov.br/viver/res_frameset.php?lata=181&maco=001&img=181_001_001.jpg. Acesso em: 9 fev. 2012.

Cada vez mais é possível ter acesso a documentos digitalizados na internet, facilitando as pesquisas e a organização do material didático para os trabalhos escolares. Há também no site do Arquivo do Estado de São Paulo algumas tabelas descritivas de inquilinos de cortiço registrados no *Relatório de inspecção da commissão de exame e inspecção das habitações operarias e cortiços no districto de Sta. Ephigenia* (1893). Veja uma dessas tabelas (reproduzida no quadro 3, adiante) e avalie os moradores dos cortiços, suas nacionalidades, o espaço que ocupava uma família de três a seis pessoas, o valor do aluguel e as condições dos espaços compartilhados.

Cortiço Rua Bom Retiro nº 64

Proprietário: Francisco da Fonseca

Locatário encarregado: Antonio Augusto Pereira

Área livre: 41,9 x 1,8 = 75,42 m²

Área construída: 201,12 m²

Número de casinhas: 10

População: 36

Excesso de lotação: 2

Observações: A cozinha carece de reforma e asseio.

Prescrições: Ladrilhar a cozinha, assentar chaminé, fazer pintura e caiação. Abrir ventilador no quarto.

Arquivo do Estado de São Paulo

Inquilinos											
Nº	Nome do Inquilino	Nacionalidade	Frente	Fundo	Altura	Capacidade	Adultos	Menores	Total	Excesso	Aluguel
3	Antonio da Cunha	Português	3,2	4,8	3,5	55,83 m³	4	2	6	2	40$000
4	Francisco Panca	Italiano	3,2	4,8	3,5	55,83 m³	2	1	3		40$000
5	Piaco João	Italiano	3,2	4,8	3,5	55,83 m³	3		3		40$000
6	Ramiro Augusto da Costa	Português	3,2	4,8	3,5	55,83 m³	3	2	5	1	40$000
7	Julião Fernandes	Português	3,2	4,8	3,5	55,83 m³	4	1	5	1	40$000
8	Pascoal Arrucci	Italiano	3,2	4,8	3,5	55,83 m³	2	1	3		40$000
9	Manoel Joaquim Guedes	Português	3,2	4,8	3,5	55,83 m³	2	4	6	2	40$000
10	Balbina de S. João	Português	3,2	4,8	3,5	55,83 m³	3	2	5	1	40$000

Quadro 3. Tabela do Relatório de inspecção.[145]

---

[145] *Ibidem*. Cortiços Sta. Ephigenia, consulta por endereço: Bom Retiro nº 64. Disponível em: http://www.arquivoestado.sp.gov.br/viver/fichacesario.php?chave=69. Acesso em: 9 fev. 2012.

Muitas histórias de pessoas comuns e suas vivências na cidade podem ser estudadas por meio de suas memórias, literatura focada nesses personagens cotidianos ou por relatos de visitantes. Também é possível conhecer a história das cidades pela arquitetura local e pela organização e distribuição dos espaços – praças e parques, florestas, locais de convivência social, de lazer, de trabalho, residências, oficinas, rios e córregos, bicas e chafarizes, escolas, cortiços, clubes de futebol, chácaras, igrejas, ruas, mercados, feiras, fábricas etc. – todos esses são locais que podem revelar importantes elementos da vida local.

Observe a figura 42.

Figura 42. Fotógrafo desconhecido: Mercado público de Porto Alegre, 1890.[146]

Quais perguntas podemos fazer a partir dessa fotografia? Como podemos transformá-la em material didático para o estudo da história de Porto Alegre e,

---

[146] Fonte: HACKMANN, Paulo. *Fotos antigas de Porto Alegre* [blogue]. Publicado em 22 nov. 2009. Disponível em: http://fotosantigasdeportoalegre.zip.net/arch2009-11-22_2009-11-28.html#2009_11-22_17_48_25-126097258-0. Acesso em: 9 fev. 2012.

em um âmbito mais geral, como podemos estudar a história das outras cidades brasileiras a partir desse documento histórico fotográfico?

Compare essa foto de Porto Alegre com as figuras 43 e 44.

Figura 43. Foto de Marc Ferrez: mercado de Ouro Preto com a Igreja de São Francisco ao fundo, 1880.[147]

Figura 44. Fotógrafo desconhecido: Mercado Grande da Várzea do Carmo, São Paulo, 1870.[148]

---

[147] FERREZ, op. cit., p. 117.
[148] PONTES, José Alfredo Vidigal. *São Paulo de Piratininga*: de pouso de tropas a metrópole. São Paulo: O Estado de S. Paulo; Terceiro Nome, 2003, p. 143.

O que há em comum nesses lugares? O que há de diferente? Em quais pontos as atividades desenvolvidas se assemelham? E como os locais, as condições, as materialidades e as paisagens se diferenciam? Será que essas construções ainda existem? Será que ainda prevalecem as mesmas atividades ou atualmente mudaram de função? O que há ao redor hoje em dia? Será que comercializam os mesmos produtos? O que mudou?

Na verdade, o Mercado Grande da Várzea do Carmo não existe mais. Nas primeiras décadas do século XX foi construído outro em seu lugar, o atual Mercado Municipal (figura 45).

Figura 45. Foto atual do Mercado Municipal, em São Paulo.

É preciso considerar, porém, que diferentes temas não bastam se forem considerados em enfoques isolados. Eles precisam ser problematizados amplamente na vida urbana. O saneamento básico e o abastecimento de água, por exemplo, devem ser inseridos no contexto dos direitos intrínsecos à garantia de higiene e saúde. Assim, a diversidade de serviços oferecidos pela cidade atualmente, envolvendo diferentes bairros e regiões, possibilita estudar os compromissos políticos do Estado com a sociedade. No que diz respeito à saúde, há um nítido descompromisso. Os espaços podem ser estudados nessa perspectiva, avaliando-se o peso político dos compromissos públicos. Ao mesmo tempo, a problemática pode levantar questões do passado quanto ao abastecimento de água e o escoamento de dejetos, por exemplo (o uso de bicas, chafarizes, poços, açudes, igarapés, rios entre outros). E pode, ainda, conduzir mudanças, lutas sociais e políticas de grupos e classes excluídos, suas conquistas e perdas no processo.

Sugestões de atividades

O estudo da história das cidades pode se iniciar a partir de materiais que estimulem o envolvimento dos alunos com o objeto de estudo. Por exemplo, imagens, cartazes, propagandas de televisão ou filmes que, de algum modo, problematizem uma ou mais cidades e suas paisagens. Nesse caso é indicada discussão em classe para o levantamento de conhecimentos prévios dos alunos, para saber o que eles sabem e projetam para o local.

Se o estudo for se concentrar na história da cidade onde moram, é recomendável, como alternativa, usar materiais com paisagens distintas das conhecidas, pois elas suscitam reflexões que contribuem para a percepção das características do local de convivência. Ou seja, a partir das diferenças é possível indagar os elementos particulares de cada uma das realidades debatidas.

O estudo também pode ser encaminhado a partir da pesquisa de imagens do bairro de cada aluno, coletando-se dados e especificidades das paisagens urbanas em questão. O passo seguinte pode ser a produção de imagens (desenhos ou fotos) ou textos (poemas, música etc.) que caracterizem o local. Isso contribui para a análise dos conhecimentos prévios.

Outra alternativa é trabalhar com as memórias e referências do imaginário popular. Geralmente há poemas, músicas, lendas, locais de referência e histórias antigas que podem ser analisados coletivamente: "Como o material representa a cidade? O que ele conta e ou transmite? Que imagens e valores constroem?"

Um exemplo é a música "Cidade maravilhosa" (1935), de André Filho, que exalta as belezas naturais do Rio de Janeiro. Músicas como essa são um ponto de partida para identificar valores construídos para a cidade em uma determinada época. Depois, os resultados podem ser confrontados com realidades distintas, nem sempre tão maravilhosas. Assim, uma memória ou uma imagem torna-se objeto de reflexão por causa das contradições e heterogeneidades das vivências reais e cotidianas presentes nela. Posteriormente, o professor pode pedir aos alunos que organizem uma lista de imagens que consideram importantes para expressar o local onde moram. Isso desperta a criatividade para os estudantes fazerem poemas.

A proposta seguinte pode ser o aprofundamento dos estudos sobre a sociedade local, por meio de trabalhos com plantas e mapas no sentido de contribuir para a caracterização geográfica da cidade e de sua relação com outros espaços – com o estado, a região, o país e o mundo. A identificação de pontos de referência e a configuração e organização geográfica (mar, rios, relevos, várzeas etc.) e social (bairros, estilos de moradias, grupos sociais, meios de transportes, abastecimento de água etc.) por meio de representações cartográficas de diferentes épocas também podem auxiliar no estudo das transformações ao longo do tempo.

É possível desenvolver atividades de pesquisa para levantamento histórico. Um primeiro passo é apresentar aos estudantes alternativas de documentos – imagens, textos, mapas, objetos, construções etc. Nesse caso, é importante considerar, e até debater em classe, o fato de os documentos históricos não serem reduzidos aos documentos oficiais (de instituições ou de pessoas importantes) e nem somente ao material escrito.

Para complementar, muitos debates podem ser criados em torno dos documentos não oficiais pesquisados (como colher informações das imagens, textos, mapas ou de objetos para conhecer e contar a história de um local?).

Atividades de pesquisa para fins didáticos podem ajudar nesse sentido. Uma tabela com uma lista de documentos pode orientar os alunos na organização dos dados. A pesquisa pode ser dirigida para coleta de informações temáticas diversas, relativas à história de toda a cidade, ou a alguns locais específicos. E uma lista, organizando os documentos, auxilia os estudantes nas alternativas de fontes.

Observe o quadro 4. O que você lhe acrescentaria ou excluiria dele?

Documento encontrado	Data	Tema a que se refere	Lugares aos quais se refere	Onde foi obtido
Fotos				
Desenhos/pinturas				
Músicas				
Mapas e plantas				
Documentos escritos oficiais (leis, ofícios etc.)				
Documentos escritos não oficiais (literaturas, cartas, propagandas, memórias etc.)				
Depoimentos/memórias				
Censo populacional (quantidade de moradores/ano/localidade)				

Quadro 4. Catalogação de documentos pesquisados.

A pesquisa coletiva pode ser orientada para a organização também de um acervo documental na escola, com cuidados de catalogação. Não é necessário que os materiais sejam originais. Podem ser cópias de acervos pertencentes às famílias ou instituições. Esse acervo pode ser complementado ano a ano, compondo um material pedagógico para planejamentos cotidianos e futuros.

Cópias de documentos podem ser obtidas também em museus, arquivos, cúrias, prefeituras, igrejas, fábricas, estações de trem, lojas, cinemas, hospitais, fazendas etc. É possível ainda consultar revistas e jornais antigos (fotos, artigos, propagandas, anúncios), álbuns de família, livros didáticos, cadernos escolares, objetos feitos com materiais locais, depoimentos, cartazes... Atualmente muitos acervos estão digitalizados na internet. É importante pesquisar quais as fundações, organizações não governamentais ou acervos públicos que disponibilizam os documentos sobre a história de sua cidade.

Algumas informações atuais e históricas sobre as cidades, principalmente referentes ao número de habitantes, podem ser obtidas nos anuários do IBGE, disponíveis na internet. Lá há gráficos, tabelas e textos para auxiliar a análise.

Um exercício em classe pode ser importante para a compreensão do procedimento de coleta de dados dos documentos. Para isso será útil uma ficha como o quadro 5.

Título	
Tipo de documento	
Data	
Autor	
Onde foi encontrado	
Contexto histórico	
Outras informações	
Informações relacionadas à história da cidade	

Quadro 5. Exemplo de ficha para coleta de dados.

Como seria, por exemplo, essa ficha preenchida com os dados colhidos de um texto de jornal, mandado publicar pela Câmara Municipal de Salvador em 1857, com as posturas proibindo os moradores da cidade de jogar sujeiras nas ruas.

- *Nenhuma pessoa poderá conservar imundos ou com águas estagnadas os quintais e pátios de suas casas: pena de 8 réis ou quatro dias de prisão.*
- *O despejo imundo das casas será levado ao mar à noite, em vasilhas cobertas; os que forem encontrados fazendo tal despejo nas ruas ou outros lugares que não sejam os designados incorrerão uns e outros na pena de 2 réis, ou 24 horas de prisão. Ficam os senhores responsáveis por seus escravos.*
- *Todo aquele que lançar de sua casa para as ruas águas do serviço dela, ou quaisquer corpos que possam enxovalhar os viandantes, será multado em ação do dano à parte ofendida.*
- *Todos são sempre obrigados a ter varridas as testadas de suas casas, e a frente dos prédios rústicos roçada e limpa de ramagens que impeçam o trân-*

> *sito público; e os moradores de largos e praças de até 40 palmos em frente de suas propriedades para os centros dos mesmos largos e praças: pena de 10 réis ou cinco dias de prisão e de ser feita a limpeza pela Câmara às custas dos infratores.*
> - *Ficam proibidos os canos que despejam imundices sobre as ruas: pena de 10 réis ou cinco dias de prisão pela primeira vez, e de 20 réis e oito dias de prisão, se depois de marcado um prazo pelo respectivo subdelegado para o seu desmancho o não fizer. Os desaguadouros que com facilidade possam ser encaminhados para o mar e os de águas pluviais nas ruas, em que não houverem canos reais, serão tolerados, contanto que passem por baixo dos passeios, nas ruas em que houverem proprietários ou inquilinos das casas, porém se não os conservarem limpos serão multados em 8 réis ou sofrerão quatro dias de prisão.*
>
> Jornal da Bahia *de 27 de abril de 1857*[149]

No caso de um documento escrito como esse, é possível encaminhar a discussão com os alunos a respeito do autor, época, estilo do texto, local de publicação, intencionalidade... É importante também questionar quem seriam os leitores do texto. Por exemplo, no caso dessa publicação no jornal de Salvador, é preciso lembrar que provavelmente na época mais de 90 por cento da população era analfabeta.

Ainda considerando um documento escrito, se for um manuscrito antigo, pode haver uma conversa sobre a forma de registro, a função do texto, a grafia antiga etc. No caso de fotografia, pode ser ressaltada a história do fotógrafo, seu estilo, as cidades que foram

---
[149] *Apud* SAMPAIO, Consuelo Novais. *50 anos de urbanização*: Salvador da Bahia no século XIX. Rio de Janeiro: Versal, 2005, p. 115.

por ele fotografadas, os temas que prefere fotografar... Comparar fotos de fotógrafos diferentes ajuda muito a entender que há sempre a subjetividade do autor em seu trabalho.

De modo geral, no trabalho com documentos é possível questionar: a época de produção e uso, a autoria, o contexto em que foram produzidos e utilizados, a finalidade, a relação com as vivências sociais, econômicas, políticas e culturais, as histórias que podem contar sobre outros tempos, entre outras indagações.

O trabalho de coletar dados em documentos pode ser complementado com pesquisa bibliográfica em livros, artigos e sites ou estudos de campo. Visita a bibliotecas, museus, arquivos, exposições e estudos do meio podem dar continuidade ao trabalho de coleta de informações. Em campo, por exemplo, é possível tirar fotos, realizar entrevistas e vídeos, organizar plantas e desenhos.

Porém, antes de fazer uma pesquisa de campo é necessário formular questões para observação no local. Por exemplo, refletir sobre o que permaneceu, o que mudou, quais elementos podem indicar a história do local, quais moradores preservam sua memória etc.

É importante que o professor (sozinho ou junto com os alunos) organize um mapa da região a ser visitada, com pontos de referência conhecidos pelos alunos. Isso vale como orientação prévia e durante a visita.

Fica como sugestão uma atividade interessante, que é comparar paisagens de outros tempos com as atuais. Para isso, o professor deve preparar pranchas com fotos de outras épocas e confrontá-las *in loco*. Em alguns casos, questionar a subjetividade do fotógrafo auxilia a produção de fotos em um viés semelhante para estudos detalhados em sala de aula. Assim, alunos e professores acabam por produzir documentos (as fotos) para uso didático.

Em campo é possível ainda desenvolver um olhar crítico para o local visitado, avaliando e questionando a preservação ou melhorias relacionadas ao bem-estar social, às condições urbanas e/ou ambientais, de higiene, de aproveitamento do local para outras finalidades etc. Para isso, há que instigar os estudantes para as questões sociais, ambientais, políticas ou culturais locais e fazê-los relacioná-las com outras realidades. Por exemplo, explore os problemas relacionados à política de saneamento básico da cidade, à poluição do rio local (falta de preservação do patrimônio histórico ou de preocupação com a saúde pública etc). Ou, se for o caso, as questões podem abarcar as melhorias já realizadas ou conquistadas pela população.

Um sério problema enfrentado pelas grandes cidades é a poluição dos seus rios. Há esgotos clandestinos e áreas de vazantes ocupadas, ocasionando enchentes; outros rios foram completamente canalizados. São águas mortas, incapazes de gerar vida aquática como consequência do desprezo histórico da população e do poder público. E, infelizmente, a nova geração de crianças e jovens ainda não teve a oportunidade de conhecer rios e córregos de águas límpidas. Como são as condições dos rios da sua cidade?

Classifique junto aos alunos os espaços, distinguindo paisagens e atividades que modelam as diferenças cidade/campo, vida urbana/vida rural, porém sem esquecer que há paisagens que mesclam elementos de ambas as categorias (por exemplo, sítios dentro de cidades pequenas e povoações, vilas, fábricas junto a plantações e pastos de animais). Ou seja, mesmo nas grandes cidades, apesar do predomínio de características urbanas, há também pequenos sítios e elementos rurais. Existem ainda florestas urbanas, como é o caso da floresta da Tijuca, no Rio de Janeiro, e da floresta da Cantareira, em São Paulo.

As observações de campo podem desencadear outras pesquisas, por meio de consultas a outras fontes, como artigos de jornais, entrevistas, fotos, textos de memorialistas, geógrafos e historiadores. Todas essas informações reunidas tornam o aluno apto a debater profundamente o assunto, incentivando-o a se posicionar e encontrar causas e possíveis propostas para intervenções. Essas questões contemporâneas podem, ainda, desencadear pesquisas em uma perspectiva histórica, em que há o confronto com outras épocas – para a avaliação de mudanças/permanências.

Como muitos problemas urbanos dependem do poder público, é possível propor pesquisas e ações de peso (por exemplo, o contato direto através de cartas e solicitações às instituições responsáveis). O importante é fornecer o arsenal crítico aos alunos para que eles possam, sozinhos, se posicionar frente aos problemas urbanos, identificando poderes públicos e privados responsáveis pela solução de tais problemas.

Referências bibliográficas

AB´SABER, Aziz. Depoimento sobre a Cidade de São Paulo. In: *Revista do Arquivo Histórico Municipal*. São Paulo, Departamento do Patrimônio Histórico, 2004.

ÁLVARES, José Maurício Saldanha. Na Única Praça dela: A Praça 15 de Novembro no Período Colonial, 1565-1790. In: BATISTA, Marta Rossetti; GRAF, Márcia Elisa de Campos e WESTPHALEN, Cecília Maria (Org.). *Cidades Brasileiras – Políticas urbanas e dimensão cultural*. São Paulo: IEB, 1998.

ANDERSON, Perry. *Linhagens do Estado Absolutista*. São Paulo: Brasiliense, 1998.

ANDRADE, Manuel Correia de. *Recife:* Problemática de uma metrópole de região subdesenvolvida. Recife: UFPE, 1979.

ARANTES, Antonio Augusto (Org.). *Produzindo o Passado – Estratégias de construção do patrimônio cultural*. São Paulo: Brasiliense, 1984.

ARGAN, Giulio Carlo. *Clássico Anticlássico – O renascimento de Brunelleschi a Bruegel*. São Paulo: Companhia das Letras, 1999.

_____. *História da Arte como História da Cidade*. São Paulo: Martins Fontes, 1993.

AZEVEDO, Aroldo. *Vilas e Cidades do Brasil Colônia – Ensaio de geografia urbana retrospectiva*. São Paulo: FFLCH-USP, 1956.

BATISTA, Marta Rossetti & GRAF, Márcia Elisa de Campos (Org.). *Cidades Brasileiras II – Políticas urbanas e dimensão cultural*. São Paulo: IEB, 1999.

_____ e WESTPHALEN, Cecília Maria (Org.). *Cidades Brasileiras – Políticas urbanas e dimensão cultural*. São Paulo: IEB, 1998.

BENEVOLO, Leonardo. *História da Cidade*. São Paulo: Perspectiva, 2001.

BENJAMIN, Walter. *Obras Escolhidas II – Rua de mão única*. São Paulo: Brasiliense, 1987.

BERMAN, Marshall. *Tudo Que É Sólido Desmancha no Ar – A aventura da modernidade*. São Paulo: Companhia das Letras, 1986.

BITTENCOURT, Circe. *Ensino de História:* Fundamentos e método. São Paulo: Cortez, 2008.

BOLLE, Willi. *Fisiognomia da Metrópole Moderna*. São Paulo: Fapesp/Edusp, 1994.

BOSI, Ecléa. *Memória e Sociedade* – Lembranças de velhos. São Paulo: T. A. Queiroz/Edusp, 1987.

BRASIL. Secretaria de Educação Fundamental. *Parâmetros Curriculares Nacionais:* História, Geografia. Brasília: MEC/SEF, 1997.

_____. *Parâmetros Curriculares Nacionais:* História – 5.ª a 8.ª séries. Brasília: SEF/MEC, 1998.

BRESCIANI, Maria Stella M. (Org.). *Imagens da Cidade* – Séculos XIX e XX. São Paulo: Marco Zero, ANPUH/Fapesp, 1994.

_____. *Londres e Paris no Século XIX:* O espetáculo da pobreza. São Paulo: Brasiliense, 2004.

BRUNO, Ernani da Silva. *Memória da Cidade de São Paulo –* Depoimentos de moradores e visitantes/1553-1958. São Paulo: Registros 4 – Prefeitura do Município de São Paulo, Secretaria Municipal de Cultura, DPH, 1981.

CALDEIRA, Junia Marques. *A Praça Brasileira, Trajetória de um Espaço Urban*o: Origem e modernidade. Doutorado em História, IFCH/Unicamp, 2007.

CALDEIRA, Teresa Pires do Rio. *Cidade de Muros –* Crime, segregação e cidadania em São Paulo. São Paulo: 34; Edusp, 2000.

CAMPOS, Andrelino. *Do Quilombo à Favela* – A produção do espaço criminalizado no Rio de Janeiro. Rio de Janeiro: Bertrand Brasil, 2007.

CANTARINO, Carolina. Monumenta Muda pelos Moradores dos Centros. Disponível em: <http://www.labjor.unicamp.br/patrimonio/materia.php?id=103>. Acesso em: dez. 2011.

CARLOS, Ana Fani Alessandri (Org.). *Os Caminhos da Reflexão sobre a Cidade e o Urbano*. São Paulo: Edusp, 1994.

CASTELLS, Manuel. *A Questão Urbana*. Rio de Janeiro: Paz e Terra, 1983.

COELHO, Maria Inez Zampolin (Org.). *Osasco, uma Viagem no Tempo e no Espaço:* História da cidade para o Ensino Fundamental. São Paulo: Brasil do Prata, 2002.

CORRÊA, Roberto Lobato. *O Espaço Urbano*. São Paulo: Ática, 1999.

COSTA, Emília Viotti da. *Da Monarquia à República:* Momentos decisivos. São Paulo: Editorial Grijalbo, 1977.

DIAS, Maria Odila Leite da Silva. *Cotidiano e Poder em São Paulo no Século XIX*. São Paulo: Brasiliense, 1984.

ECO, Humberto. *A Viagem na Irrealidade Cotidiana*. Rio de Janeiro: Nova Fronteira, 1984.

ENGELS, F. *A Situação da Classe Trabalhadora na Inglaterra*. São Paulo: Boitempo, 2008.

FAORO, Raymundo. *Os Donos do Poder*. São Paulo: Publifolha/Globo, 2000.

FERRARA, Lucrécia D´Alessio. *Olhar Periférico*. São Paulo: Edusp/Fapesp, 1993.

FERREZ, Gilberto. *A Fotografia no Brasil* – 1840-1900. Rio de Janeiro: MEC, SEC, Funarte, Pro-Memória, 1985.

_____. *O Brasil de Eduard Hildebrandt*. Rio de Janeiro: Distribuidora Record de Serviço de Imprensa, s/d.

FREITAG, Bárbara. *Teorias da Cidade*. São Paulo: Papirus, 2006.

FREYRE, Gilberto. *Sobrados e Mucambos* – Decadência do patriarcado rural e desenvolvimento do urbano. 3. ed., 1.º Tomo. Rio de Janeiro: J. Olympio, 1961.

GAETA, Antonio Carlos. Gerenciamento dos *Shopping Centers* e Transformação do Espaço Urbano. In: PINTAUDI, Silvana Maria & FRÚGOLI JR., Heitor (Org.). *Shopping Centers* – Espaço, cultura e modernidade nas cidades brasileiras. São Paulo: Unesp, 1992.

GASPAR, Byron. *Fontes e Chafarizes de São Paulo*. São Paulo: Conselho Estadual de Cultura, 1970.

GLEZER, Raquel. *Chão de Terra e Outros Ensaios sobre São Paulo*. São Paulo: Alameda, 2007.

_____. Visões de São Paulo. In: BRESCIANI, Stella (Org.). *Imagens da Cidade* – Séculos XIX e XX. São Paulo: Marco Zero, ANPUH/Fapesp, 1994.

HOLANDA, Sérgio Buarque de. *Raízes do Brasil*. Rio de Janeiro: J. Olympio, 1976.

INSTITUTO Moreira Salles. *Cadernos de Fotografia Brasileira*. São Paulo 450 anos. São Paulo: IMS, 2004.

JESUS, Carolina Maria de. *Quarto de Despejo* – Diário de uma favelada. São Paulo: Ática, 1995.

KOK, Glória. *Rio de Janeiro na Época da Av. Central*. São Paulo: Bei Comunicação, 2005. Disponível em: <http://www.aprendario.com.br/pdf/Av_Central.pdf>. Acesso em: 11 set. 2012.

KON, Sérgio e DUARTE, Fábio (Org.). *A (Des)Construção*. São Paulo: Perspectiva, 2008.

KOSTER, Henry. *Viagens ao Nordeste do Brasil*. São Paulo, Rio de Janeiro, Recife, Porto Alegre: Companhia Editora Nacional, 1942.

KOWARICK, Lúcio. *A Espoliação Urbana*. Rio de Janeiro: Paz e Terra, 1979.

LE GOFF, Jacques. *Por Amor às Cidades*. São Paulo: Unesp, 1998.

LEFEBVRE, Henri. *A Cidade do Capital*. Rio de Janeiro: DP&A, 1999.

_____. *A Revolução Urbana*. Belo Horizonte: Ed. UFMG, 1999.

_____. *O Direito à Cidade*. São Paulo: Moraes, 1991.

LEPETIT, Bernard. *Por uma Nova História Urbana*. São Paulo: Edusp, 2001.

LOBO, Eulália Maria Lahmeyer. Historiografia do Rio de Janeiro. *Rev. Bras. de Hist.*, São Paulo, v. 15, n. 30, 1995.

MACHADO, Humberto Fernandes. A Voz do Morro na Passagem do Império para a República. In: BATISTA, Marta Rossetti & GRAF, Márcia Elisa de Campos (Org.). *Cidades Brasileiras II* – Políticas urbanas e dimensão cultural. São Paulo: IEB, 1999.

MANIQUE, António Pedro & PROENÇA, Maria Cândida. *Didáctica da História* – Património e história local. Lisboa: Texto Editora, 1994.

MARTINEZ, Paulo Henrique (Org.). *História Ambiental Paulista* – Temas, fontes, métodos. São Paulo: SENAC, 2007.

MARTINS, José de Souza. *A Sociabilidade do Homem Simples*. São Paulo: Hucitec, 2000.

_____. *Subúrbio* – Vida cotidiana e história no subúrbio da cidade de São Paulo: São Caetano, do fim do Império ao fim da República Velha. São Paulo: Hucitec; São Caetano do Sul: Prefeitura de São Caetano do Sul, 1992.

MARX, Murilo. *Cidade Brasileira*. São Paulo: Edusp, 1980.

MATOS, Maria Izilda. Cidade: Experiências Urbanas e a Historiografia. In: BATISTA, Marta Rossetti; GRAF, Márcia Elisa de Campos e WESTPHALEN, Cecília Maria (Org.). *Cidades Brasileiras* – Políticas urbanas e dimensão cultural. São Paulo: IEB, 1998.

MENESES, Ulpiano T. Bezerra de. O Museu na Cidade x a Cidade no Museu. Para uma abordagem histórica dos museus de cidade. *Rev. Bras. de Hist.*, São Paulo, v. 5, n. 8/9, set. 1984/ abr. 1985.

MUMFORD, Lewis. *A cidade na História*. São Paulo: Martins Fontes, 1998.

NEDER, Gizlene. Cidade, Identidade e Exclusão Social. *Tempo*, Rio de Janeiro, v. 2, n. 3, 1997.

NOVAIS, Carlos Eduardo et al. *Acontece na Cidade*. São Paulo: Ática, 2005.

OLIVEIRA, Lúcia Lippi (Org.). *Cidade:* História e desafios. Rio de Janeiro: Ed. FGV, 2002.

OLIVEIRA, Neyde Collinto de & NEGRELLI, Ana Lúcia M. Rocha. *Osasco e sua História*. São Paulo: CG, 1992.

ORLANDI, Eni P. (Org.). *Cidade Atravessada* – Os sentidos públicos no espaço urbano. Campinas, SP: Pontes, 2001.

PINTAUDI, Silvana Maria. O *Shopping Center* no Brasil – Condições de surgimento e estratégias de localização. In: PINTAUDI, Silvana Maria & FRÚGOLI JR., Heitor (Org.). *Shopping Centers* – Espaço, cultura e modernidade nas cidades brasileiras. São Paulo: Unesp, 1992.

PONTES, José Alfredo Vidigal. *São Paulo de Piratininga:* De pouso de tropas a metrópole. São Paulo: *O Estado de S. Paulo*, Terceiro nome, 2003.

PORTA, Paula (Org.) *História da Cidade de São Paulo*. São Paulo: Paz e Terra, 2004.

REIS FILHO, Nestor Goulart. *Evolução Urbana do Brasil*. São Paulo: Pioneira; Edusp, 1968.

_____. *Imagens de Vilas e Cidades do Brasil Colonial:* Recursos para a renovação do ensino de História e Geografia do Brasil. *Rev. Bras. Est. Pedag.*, Brasília, v. 81, n. 198, maio/ago. 2000. Disponível em: <http://www.rbep.inep.gov.br/index.php/RBEP/article/viewFile/467/478>. Acesso em: set. 2012.

_____. *Imagens de Vilas e Cidades do Brasil Colonial.* São Paulo: Edusp, Imprensa Oficial, 2001.

REZENDE, Eliana Almeida de Souza. Construindo Imagens, Fazendo Clichês: Fotógrafos pela cidade. Anais do Museu Paulista, São Paulo, v. 15, n. 1, jun. 2007. Disponível em: <http://www.scielo.br/scielo.php?script=sci_arttext&pid=S0101 47142007000100003&lng=en&nrm=iso>. Acesso em: 20 nov. 2011.

SAINT-HILAIRE, Auguste. *Viagem às Nascentes do Rio São Francisco.* Belo Horizonte: Itatiaia; São Paulo: Edusp, 1975.

SALES, Geraldo Francisco de & ORDOÑEZ, Marlene. *Osasco – Cidade Trabalho – Nosso Município.* São Paulo: IBEP, s/d.

SALGUEIRO, Heliana Angotti (Coord.). *Paisagem e Arte:* A invenção da natureza, a evolução do olhar. São Paulo: H. Angotti Salgueiro, 2000.

SAMAIN, Etienne. *O Fotográfico.* São Paulo: Hucitec, 1998.

SANTOS, Carlos José Ferreira. *Nem Tudo Era Italiano:* São Paulo e pobreza (1890 - 1915). 2. ed. São Paulo: Fapesp, AnnaBlume, 2003.

SANTOS, Paulo. *Formação de Cidades no Brasil Colonial.* Rio de Janeiro: Ed. UFRJ, 2001.

SÃO PAULO (SP). Secretaria Municipal de Educação. Diretoria de Orientação Técnica. *Orientações Curriculares* – Proposição de expectativa de aprendizagem – Ensino Fundamental II. São Paulo: SME/DOT, 2007.

SENNETT, Richard. *Carne e Pedra* – O corpo e a cidade na civilização ocidental. Trad. Marcos Aarão Reis. Rio de Janeiro: Record, 1997.

SEVCENKO, Nicolau (Org. do volume). *História da Vida Privada no Brasil* – República: da *Belle Époque* à era do rádio. São Paulo: Companhia das Letras, 1998.

_____. *Literatura como Missão* – Tensões sociais e criação cultural na Primeira República. São Paulo: Brasiliense, 1983.

SILVEIRA, Rosa Maria Godoy. Região e História: Questão de método. In: SILVA, Marcos (Org.). *República em Migalhas* – História regional e local. São Paulo: Marco Zero, ANPUH, 1990.

SINGER, Paul. *Desenvolvimento Econômico e Evolução Urbana*. São Paulo: Companhia Editora Nacional, 1968.

SIQUEIRA, Fátima Valéria; CÁLIS, Magna Flora e SILVA, Monica Solange Rodrigues e. *Paisagens da Memória:* História da Praia Grande. Praia Grande, SP, Prefeitura da Estância Balneária de Praia Grande, 2002.

SOLLER, Maria Angélica e MATOS, Maria Izilda S. (Org.) *A Cidade em Debate*. São Paulo: Olho d'Água, 1999.

SOUZA, Gabriel Soares de. *Tratado Descritivo do Brasil em 1587*. 4. ed. São Paulo: Companhia Editora Nacional/Edusp, 1971, texto adaptado.

TERRA, Antonia. *Produção Didática na Licenciatura de História*. XXII Simpósio Nacional de História, João Pessoa/PB, ANPUH Nacional, 2003.

TOLEDO, Benedito Lima de. *São Paulo* – Três cidades em um século. São Paulo: Cosac Naify, 1980.

V. V. A. A. *A Cidade em Debate*. São Paulo: Olho d'água, 1999.

VASCONCELOS, Pedro de Almeida. A Cidade da Geografia no Brasil. In: CARLOS, Ana Fani Alessandri (Org.). *Os Caminhos da Reflexão sobre a Cidade e o Urbano*. São Paulo: Edusp, 1994.

VELHO, Otávio Guilherme (Org.). *O Fenômeno Urbano*. Rio de Janeiro: Zahar, 1979.

WILLIAMS, Raymond. *O Campo e a Cidade na História e na Literatura*. São Paulo: Companhia das Letras, 1989.

WIRTH, Louis. O Urbanismo como Modo de Vida. In: VELHO, Otávio Guilherme (Org.). *O Fenômeno Urbano*. Rio de Janeiro: Zahar, 1979.

ZABALA, Antoni (Org.). *A Prática Educativa* – Como ensinar. Porto Alegre: Artes Médicas, 1998.

ZANIRATO, Silvia Helena. O Que Que o Pelô Tem? *Revista de História*, 17 set. 2007. Disponível em: <http://www.revistadehistoria.com.br/secao/artigos/o-que-que-o-pelo-tem>. Acesso em: dezembro 2011.

A autora

Antonia Terra de Calazans Fernandes é professora do Departamento de História da Faculdade de Filosofia, Letras e Ciências Humanas da Universidade de São Paulo (FFLCH-USP), ministra disciplinas e orienta pesquisas voltadas para o ensino de História. É graduada, licenciada e com mestrado em História pela Pontifícia Universidade Católica de São Paulo (PUC-SP) e doutorada em História Social pela FFLCH-USP. Atua como formadora de professores e é autora de livros didáticos e propostas curriculares, como os *Parâmetros Curriculares Nacionais:* História (Ministério da Educação, 1998) e *Orientações Curriculares* (Secretaria Municipal de Educação de São Paulo, 2007).